François Lelord
Im Durcheinanderland der Liebe

François Lelord
*Im Durcheinanderland
der Liebe*

Roman

Aus dem Französischen
von Ralf Pannowitsch

Piper
München Zürich

Die französische Ausgabe erschien 2003 unter dem Titel
»Ulik au pays du désordre amoureux«
bei Oh! Éditions in Paris.

Von François Lelord liegen im Piper Verlag vor:

Hectors Reise oder die Suche nach
dem Glück

Hector und die Geheimnisse der Liebe

Hector und die Entdeckung der Zeit

Die Macht der Emotionen und wie sie unseren
Alltag bestimmen (mit Christophe André)

ISBN 978-3-492-04670-1
© Oh! Éditions, Paris, 2003
Deutsche, bearbeitete Ausgabe:
© Piper Verlag GmbH, München 2008
Satz: Satz für Satz. Barbara Reischmann, Leutkirch
Druck und Bindung: CPI – Clausen & Bosse, Leck
Printed in Germany

www.piper.de

Als das Gefühl der Einsamkeit auf seinem Zimmer unerträglich wurde, beschloss er in die Bar hinunterzugehen.

Im Flur begegnete er einem Zimmermädchen, das einen mit Handtüchern beladenen Wagen schob. Sie schenkte ihm im Vorbeigehen ein kleines Lächeln, und er lächelte zurück, denn inzwischen hatte er begriffen: Ihr Lächeln bedeutete keineswegs, dass sie mit ihm reden wollte, es war die Art, wie das Personal dieses Hotels die Gäste grüßte.

Es war ein sehr großes Hotel mit mehreren Bars, aber er fand schnell die passende. Weit vom Eingang entfernt, am Ende eines Flurs, ähnelte sie einem kleinen Salon – ein paar Sessel in sanftem Halbschatten, Licht hinter dem Tresen, wo ein junger Kablunak Getränke zubereitete, und sehr wenige Besucher zu dieser späten Stunde.

Sobald er sich hingesetzt hatte, fühlte er sich besser.

»Was wünschen Sie, Monsieur?«

Ein anderer junger Kablunak in weißem Sakko blickte ihn lächelnd an.

»Könnte ich bitte die Karte bekommen?«

»Aber selbstverständlich, Monsieur.«

Als die Karte aufgeschlagen vor ihm lag, sagte er sich, dass er die Situation gut gemeistert hatte; er hatte die richtige Antwort gegeben und durfte sich nun am Ergebnis dieser kleinen Transaktion erfreuen: eine Liste mit Getränken, die man in aller Ruhe durchgehen konnte. Gerade dieses Gefühl, etwas gut hinbekommen zu haben, hatte ihm gefehlt, seit er sein Land verlassen hatte.

Ein paar Tische weiter diskutierten drei Japaner miteinander und warfen ihm bisweilen einen Blick zu. Er hatte bemerkt, dass ihn die Kablunak manchmal für einen Japaner hielten, aber die Japaner selbst machten diesen Fehler nie; sie erkannten sofort, dass er keiner von ihnen war. Mal ganz davon abgesehen, dass blaue Augen bei Japanern selten waren; allerdings bei seinem eigenen Volk auch.

Zwei junge Frauen saßen auf hohen Barhockern und sprachen miteinander. Ihm fielen ihre nackten Arme auf, die Ohrringe, die glänzenden Haare. Sie wirkten ganz ungezwungen und mit sich selbst zufrieden. Vielleicht warteten sie auf ihre Partner? Manche Frauen hier in Paris waren sehr hübsch, aber er wusste überhaupt nicht, wie er sie ansprechen sollte. Außerdem konnte man niemals wissen, ob sie noch frei waren oder bereits einem Mann gehörten. In seinem Land war es gar nicht möglich, sich darüber zu täuschen.

Jetzt fühlte er sich viel besser als auf seinem Zimmer. Endlich war er nicht mehr allein, auch wenn er es nicht wagte, die jungen Frauen oder die Japaner anzusprechen. Seit seiner Ankunft in der großen Stadt der Kablunak hatte er sich allmählich daran gewöhnt, jeden Tag Leuten über den Weg zu laufen, die er nicht kannte, aber es schien ihm noch zu schwierig, das Wort an jemanden zu richten, dem er nicht vorgestellt worden war. Bei all diesen Begegnungen, die Marie-Alix für ihn organisiert hatte, hatte er in drei Tagen mehr Menschen kennengelernt als während seines ganzen bisherigen

Lebens in seiner Heimat. Andererseits: Was die Kablunak »jemanden kennen« nannten, hieß einfach nur, dass man sich an sein Gesicht und seinen Namen erinnerte, während es für ihn bedeutete, dass man über Jahre hinweg mitbekam, wie jemand lebte, in guten Zeiten wie in schlechten.

Er schaute wieder auf die Karte und unternahm einen Versuch, sich für die »Cocktails ohne Alkohol« zu interessieren, aber er merkte bald, dass es nicht klappte. Sein Blick schweifte dauernd zu der Liste auf der anderen Seite ab. Die Erinnerung daran, wie es sich anfühlte, wenn man Alkohol getrunken hatte, strömte ihm seit seiner Ankunft in diesem Land durch die Adern. Es hatte beim Begrüßungscocktail in der Botschaft begonnen, und sein Körper wollte diese Leichtigkeit von Neuem spüren.

Manhattan. Eine Gegend, die er nicht kannte.

Blue Lagoon. Eine solche würde er jetzt gern betrachten.

Bloody Mary. Ob man in diesen Cocktail wirklich Blut gab?

White Lady. Ein Getränk, das nur für Kablunak-Frauen bestimmt war?

Polar Bear.

Sein Blick stockte. Die Wörter verschwammen ihm vor den Augen, und sehr sanft begann sich die Bar um ihn zu drehen.

Polar Bear. Eisbär. Der Große Nanook mit den schwarzen Lefzen.

Da erinnerte er sich. Die Fahrt über den Schnee, das Gebell der Hunde, der Wind. Und natürlich Navaranava.

Als die Stunde der Abreise herangerückt war und das kleine Flugzeug der Erdölförderstation seinen Motor warmlaufen ließ, hatte Navaranava es geschafft, der väterlichen Aufsicht zu entfliehen, um ihn noch einmal zu sehen.

»Wann kommst du wieder?«, hatte sie gefragt, noch ganz außer Atem vom Laufen.

»Bald.«

»Und ich, ich bleibe hier allein.«

»Ein Teil von mir wird dich nicht verlassen.«

Sie hatte gelächelt, und er fühlte sein Herz in der Brust springen wie jedes Mal, wenn sie ihn anlächelte.

»Triff nicht zu viele Kablunak-Frauen«, sagte sie.

»Sie können sich mit meiner Navaranava nicht vergleichen.«

Sie lächelte noch einmal, aber ihm war nicht entgangen, wie sich in ihren Augen Tränen geformt hatten.

Der Pilot war aus der Kabine geklettert und hatte ein Zeichen gemacht, dass es Zeit war aufzubrechen.

»Ich gehe fort, um dich wiederzufinden«, hatte er Navaranava noch gesagt.

Dann hatten sie Geschrei gehört. Bei den Iglus stand eine kleine Gruppe von Frauen, die bemerkt hatten, wo Navaranava war, und nun bekundeten sie ihr Missfallen. Seit sie nicht mehr verlobt waren, war es ihnen verboten, sich unter vier Augen zu treffen.

»Mein Geliebter«, hatte sie gesagt.

Sie hatten sich für einen kurzen Moment umarmt, und dann war jeder in seine Richtung davongegangen, er zu dem kleinen Flugzeug mit Kufen, das gleich darauf über den Schnee dahinglitt, sie zu den Iglus, wo der Vater schon verärgert wartete.

Während das Flugzeug an Höhe gewann, hatte er ein letztes Mal ihre schlanke Silhouette erkennen können, die sich gegen die glitzernde Schneefläche abhob. Dann war die Maschine abgedreht, und er hatte das Dorf aus dem Blickfeld verloren.

Navaranava. Navaranava.

Was machst du in diesem Augenblick?, dachte er und schaute melancholisch auf den Kellner, der ihm ein Glas brachte, in dem Eiswürfel klirrten.

Sie war ihm versprochen gewesen. Sie kannten sich, seit sie geboren war und er ein kleiner Junge. Als sie zu laufen begann, führte er sie über den Schnee spazieren, und ihre Mütter blickten lächelnd auf die beiden kleinen Gestalten, die einander an der Hand hielten. »Schaut nur, wie gut sich unser kleiner Ulik und unsere niedliche Navaranava verstehen! Wir werden sie einmal miteinander verheiraten.« Denn im Land der Inuit werden die Ehen oft schon ausgemacht, wenn man noch ein Kind ist, und so weiß jeder, welches Mädchen oder welcher Junge einem zugedacht ist, was Zweifel und unnütze Rivalitäten erspart.

Als er die beiden jungen Frauen beobachtete, die an der Bar noch immer miteinander sprachen, ahnte er, dass im Land der Kablunak andere Bräuche herrschten. In Paris schien man sich den Frauen nähern zu können, ohne den Zorn eines Vaters auf sich zu ziehen oder die Eifersucht eines Mannes zu wecken. Waren die Kablunak-Männer denn nicht mehr eifersüchtig? Vielleicht sollte er mit den beiden Schönen darüber reden. Es war ihm aufgefallen, dass die Frauen, denen er in diesem Land begegnete, ihm oft kurze Blicke zuwarfen. Hieß das, dass er ihnen gefiel? Aber die Erinnerung an Navaranava rief ihn zur Ordnung. Warum musste er jetzt so alleine hier sitzen, warum war er nicht bei seiner Geliebten geblieben? Er trank den ersten Schluck Polar Bear und dachte dabei an all die Katastrophen, die ihn von Navaranava getrennt hatten.

Das Unglück hatte damit begonnen, dass er noch als kleines Kind zum Waisenjungen geworden war. Eines Tages war sein Vater zur Jagd auf den Gletscher gegangen, und andere Jäger hatten gesehen, wie er mit seinem Schlitten in einer unter dem Schnee verborgenen Spalte versunken war. Sie waren ihm sofort zu Hilfe gekommen, aber die Gletscherspalte war so finster und tief gewesen, dass sie ihn nicht mehr hatten sehen können und keine Rettung möglich gewesen war. Kein Schrei hatte auf ihre Rufe geantwortet, nichts als ein schwaches Gewinsel der Hunde war aus der Dunkelheit emporgestiegen, und niemand hatte gewagt, in einen solchen Abgrund hinabzusteigen. Und dann hatten die Hunde einer nach dem andern zu winseln aufgehört.

Als seine Mutter die Nachricht erfuhr, überfiel sie eine tiefe Verzweiflung. Er sah sie den ganzen Tag reglos und mit starrem Blick im Iglu sitzen; nur manchmal ging sie hinaus ans Ufer, und dort, allein mit dem Getöse von Meer und Winden, stieß sie ein langgezogenes Schluchzen aus.

Eines Tages war seine Mutter nicht zurückgekommen. Das ganze Dorf hatte sich auf die Suche nach ihr gemacht, aber keiner sollte sie jemals wiedersehen. War sie zu weit gegangen und ins Meer geraten? War sie einem Bären zur leichten Beute geworden? Man hatte tatsächlich Bärenspuren gefunden, aber keine Spur von seiner Mutter.

Der Eisbär. Er bestellte bei dem freundlichen Kellner einen zweiten Polar Bear. Die Japaner waren gegangen. Die beiden jungen Frauen erhoben sich graziös von ihren Barhockern und gingen fort, ohne ihm noch einen Blick zuzuwerfen. Wieder war er allein.

Ein Waisenkind hatte es im Land der Inuit nicht gerade leicht. Da er keinen großen Bruder hatte, der sich um ihn hätte kümmern können, war er von seinem Onkel mütterlicherseits adoptiert worden. Aber wie jedes Waisenkind hatte er nur das bekommen, was sonst niemand wollte. Und im steinernen Iglu hatte er den Platz neben dem Eingang gehabt, dort, wo es am kältesten war. So ist das Leben der Waisen im Land der Inuit, und viele sterben bald nach ihren Eltern. Er aber hatte überlebt.

Auf dem Grunde seines Glases stießen zwei Eiswürfel aneinander. Eine Woge von Heimweh kam über ihn. Vielleicht trug dieses Eis ein wenig vom Geist des Nordens in sich? Auf seiner Insel konnte er die Gegenwart der Geister immerfort spüren, in einem Felsen, einem

Tier, im Pfeifen des Windes oder einer Färbung des Himmels. Die Geister bewohnten seine Welt, und selbst auf einem einsamen Jagdzug begegnete er ihnen ständig, er war niemals allein. Aber hier, in diesen Polstersesseln, dieser Bar, ja selbst in den Tauben, die er draußen gesehen hatte, war es unmöglich, auch nur die geringste Präsenz eines Geistes zu spüren. Zunächst hatte er geglaubt, es handele sich um Kablunak-Geister, und für einen Inuk wie ihn sei es schwierig, mit ihnen Kontakt aufzunehmen. Dann jedoch hatte er bemerkt, dass auch die Kablunak in keinem dieser Dinge einen Geist spürten.

Die Eiswürfel waren geschmolzen. Der Kellner erschien mit einem neuen Glas, und Ulik sagte sich, dass es sein Schicksal war, von den Kablunak gerettet zu werden.

Zu jener Zeit, als seine Eltern verschwunden waren, hatte man unweit des Lagers eine Wetterstation eingerichtet. Getrieben von Hunger und dem Bedürfnis, geliebt zu werden, war er eines Tages zu der Station gegangen. Die großen Kablunak waren gerührt von dem kleinen Eskimowaisen und hatten ihn eingeladen, das Essen mit ihnen zu teilen. Er war jeden Tag wiedergekommen, und der Capitaine Tremblay hatte sich daran gemacht, ihm seine Sprache beizubringen, indem er ihm La Fontaines Fabeln erzählte und ihn sie dann auswendig lernen ließ.

Ulik war groß und stark geworden, aber was nützte es ihm, wenn er doch von seiner Geliebten getrennt worden war? Ohne dass es jemand offen ausgesprochen hätte, hatte er doch bemerkt, dass ihn niemand mehr als den künftigen Ehemann von Navaranava betrachtete.

Als Waisenkind war er keiner Gruppe von Jägern mehr zugehörig. Und er war zum Freund der Kablunak geworden. Auch wenn die Wetterstation wieder geschlossen hatte und die Wissenschaftler abgereist waren, diese Verbindung unterschied ihn in den Augen seines Stammes von allen anderen.

Er hatte den Großen Nanook beleidigt und brachte den Stamm damit in Gefahr, die schlimmste aller Verwünschungen auf sich zu ziehen: jene, kein jagdbares Wild mehr zu finden.

Am Ende war es ihm nicht mehr gelungen, Navaranava allein zu treffen. Sie musste den Weisungen ihres Vaters gehorchen. Aber immer noch warf sie ihm Blicke zu, die voll von Zärtlichkeit waren.

Sie hatten beide verstanden, dass der Häuptling des Stammes jetzt Kuristivocq als künftigen Schwiegersohn vorgesehen hatte. Kuristivocq war ein bisschen älter, er hatte bereits eine Gattin, aber er war ein hervorragender Jäger, und vielleicht würde er eines Tages auch Stammeshäuptling werden, obwohl ihn viele zu angeberisch fanden.

Aber als die Kablunak dann auf der Suche nach Erdöl in die Gegend gekommen waren und ihr großer Stützpunkt sich wie eine Krankheit der Landschaft auszubreiten begann, als ein kleiner Bärtiger, der sich um das Volk der Inuit sorgte, den Stamm auf die Liste des Weltkulturerbes setzen ließ und dem Häuptling vorschlug, einen Stammesangehörigen als Botschafter ins Land der Kablunak zu entsenden, da hatte Ulik die Chance, seine letzte Chance, beim Schopf gepackt. Er würde nur dann einwilligen, als Botschafter fortzugehen, hatte er gesagt, wenn Navaranava ihm versprochen bliebe. Der Häuptling hatte überlegt, gelächelt und dann erklärt, dass man sich die Angelegenheit nach Uliks Rückkehr noch einmal vornehmen würde. Und so war er ins Land der Kablunak geflogen, ganz wie eine Weissagung es prophezeit hatte: *Er wird von einem großen Vogel mit hohlem Herzen ins Land der Weißen davongetragen werden, er wird ihre Städte kennenlernen und ihre Häuser, die so hoch sind wie Berge, er wird viele Male die Liebe der Kablunak-Frauen erfahren, und er wird, stets an der Heimkehr gehindert, durch ferne Länder irren, das Herz schwer von Sehnsucht, denn so lautet der Wille des Großen Nanook, den er beleidigt hat, und auch der Wille der tausendmal zahlreicheren Kablunak, die das Volk der Inuit ehren wollen.*

Nach dem dritten Polar Bear begann Ulik sich viel besser zu fühlen. Es war, als ob der Geist des Großen Nanook ihn wieder liebte. Warum sollte er nicht ein viertes Glas nehmen?

Er war noch immer allein, vom Barmann und vom Kellner einmal abgesehen. Die beiden guckten zu ihm hinüber und tuschelten.

Er schämte sich ein bisschen. Ein Teil von ihm wusste, dass der Alkohol, diese Erfindung der Kablunak, einen in Worten und Bewegungen so ungeschickt machen konnte wie ein kleines Kind. Er erinnerte sich an den Abend in der Botschaft und an die mitleidigen Blicke der Leute, als eine dicke Frau, die offenkundig zu viel Aperitif getrunken hatte, viel zu laut lachte und dann beim Versuch, sich hinzusetzen, vom Stuhl kippte. Er wollte nicht diese Art von Mitleid im Blick jener beiden Kablunak verspüren, er war ein stolzer Inuk, und nur Kinder und Frauen durften Mitleid erwecken, ohne ihre Ehre zu beschädigen. Er stand auf, und der Fußboden kam ihm plötzlich vor wie Packeis, wenn es taut und einem die großen Eisschollen unter den Füßen hin und her tanzen. Aber genau darin war er ja geübt, und so schaffte er es bis an die Bar.

»Haben Sie noch einen Wunsch, Monsieur?«

Er wollte antworten, aber es dauerte eine Weile, bis sich die Worte gebildet hatten.

»Nein … Ich werde schlafen gehen.«

»Dann gute Nacht, Monsieur.«

»Ich fühle mich ziemlich allein.«

Der Satz war einfach so herausgerutscht, er hatte gar nicht die Absicht gehabt, ihn auszusprechen. Ulik sah, wie der Barmann und der Kellner einen Moment innehielten. Sie schauten einander an, und dann wandte sich der Barkeeper wieder ihm zu.

»Würden Sie gern Gesellschaft haben, Monsieur?«

»Ja, aber ich weiß, dass es schon sehr spät ist.«

»Es ist niemals zu spät, Monsieur. Sie können auf Ihr Zimmer gehen.«

Plötzlich wurde Ulik bewusst, dass er sein Zimmer niemals wiederfinden würde. Er war es gewohnt, sich im Freien zu orientieren, in der Natur, aber seit er in Paris war, hatte er bemerkt, dass er sich total verloren fühlte, wenn er von einer Etage in eine andere musste, vor allem, wenn sie alle gleich aussahen, und dass es hier weder Himmel noch Wind, noch irgendeinen anderen seiner üblichen Bezugspunkte gab. Und wieder schämte er sich.

»Ich befürchte, dass ich es nicht wiederfinde.«

»Pardon?«

»Mein Zimmer. Ich fürchte, ich finde es nicht wieder.«

Der Barmann lächelte kaum merklich.

»Kein Problem, Monsieur. Jean-Marc wird Sie begleiten.«

Später im Fahrstuhl (wie soll man sich zurechtfinden, wenn man nicht einmal den zurückgelegten Weg sehen kann?) lächelte Jean-Marc ihm zu und fragte: »Bei Ihnen ist jetzt Polarnacht, nicht wahr?«

Ulik war immer überrascht, dass die Kablunak bisweilen etwas über das Land der Inuit zu wissen schienen, ohne jemals dort gewesen zu sein.

»Nein, sie ist schon zu Ende. Jetzt ist die Jahreszeit, in der man wieder mit der Jagd beginnt.«

Er hätte ihm gern von dem Augenblick erzählt, wenn nach drei Monaten Nacht zum ersten Mal wieder ein schmales Stückchen Sonne am Horizont auftaucht und der ganze Stamm zu beten beginnt, damit sie am nächsten Tag wiederkommt, aber da öffnete sich die Tür des Aufzugs bereits. Sie waren in seiner Etage angelangt, dann vor seiner Tür.

»Fühlen Sie sich gut, Monsieur?«

»Ja … Ja.«

»Machen Sie sich keine Sorgen, wir kümmern uns um Sie.«

»Danke, vielen Dank.«

Aber als er dann allein in seinem Zimmer stand, fühlte er sich sehr schlecht und von allen verlassen. Nur ein Rest Scham hinderte ihn daran, wieder auf den Flur zu treten und dem Kellner hinterherzurennen.

Benimm dich nicht wie ein Kind, dachte er. Du bist ein stolzer Inuk.

Er hatte immerhin nicht wenige Prüfungen zu bestehen gehabt. Aber jetzt fand er sich zum ersten Mal in seinem Leben allein in einem Zimmer wieder. Zum ersten Mal überhaupt hatte er niemanden um sich, denn im Volk der Inuit war man niemals allein.

Im Iglu sitzt man mit den Seinen. Auf der Jagd ist man meistens mit seiner Truppe zusammen, für einen allein wäre es zu gefährlich. Manchmal geht man vielleicht allein los, um die Fallen wieder richtig aufzustellen, aber niemals weit und immer mit den Hunden.

Man kommt zurück, wenn man es selbst beschließt, und so dauert die Einsamkeit eben nur so lange, wie man es möchte. Niemand würde Sie je allein lassen, es sei denn, Sie hätten einen großen Fehler begangen. Dann lässt man Sie links liegen, niemand spricht mehr mit Ihnen, und Sie müssen sich einem anderen Stamm anschließen, oder aber Sie ziehen sich allein in die kalten Weiten zurück und werden ein *inivoq*, ein Verdammter, der nicht mehr lange zu leben hat.

Er appellierte an seine ganze *inuha*, seine Vernunft, und sagte sich, dass Einsamkeit bei den Kablunak keine Bestrafung war. Er hatte nichts Schlimmes getan. Für sie war es ebenso natürlich, allein in einem Zimmer zu sein, wie es für ihn natürlich war, mit den Seinen im warmen Iglu zu hocken. Keiner der Kablunak hätte dem Leben im Norden, wie er es kannte, standhalten können, aber die Einsamkeit schienen sie gezähmt zu haben.

Er versuchte an Navaranava zu denken, für die er all dies ertrug. Aber es gelang ihm nicht, die Erinnerung an sie zu wecken, ganz als würde sich der Geist seiner Verlobten weigern, in das fremdartige Dekor dieses Zimmers zu kommen.

Nur eine Person hätte ihm helfen können, sich weniger einsam zu fühlen – Marie-Alix. Er kannte sie erst seit drei Tagen, sie war von der Organisation aller Länder auf der Welt dazu bestimmt worden, ihn zu begleiten. Marie-Alix war eine groß gewachsene Kablunak-Frau mit hübschen blauen Augen, die eine reizende Art hatte, kurz aufzulachen. Vielleicht würde sie ihn verstehen?

Aber war es nicht schon ziemlich spät für einen Anruf? Egal, er hielt es nicht mehr aus.

Ein paar lange Klingelzeichen und schließlich ihre Stimme, zunächst schläfrig und dann sofort beunruhigt.

»Ulik! Ist alles in Ordnung?«

Er brachte es nicht übers Herz, ihr seine Schwäche einzugestehen, sie zu beunruhigen, sie noch länger zu stören.

»Alles in Ordnung.«

»Sicher?«

»Jaja.«

Einen Moment lang sagte niemand etwas. Wahrscheinlich schaute sie auf ihre Uhr, aber sie ließ es sich nicht anmerken. War sie allein? Vor Uliks Augen blitzte das Bild ihrer nackten Schultern auf und einer Haarsträhne, die ihr über die Wange fiel.

»Möchten Sie mich etwas fragen?«

»Nein, nein.«

»Wenn etwas nicht in Ordnung wäre, würden Sie es mir sagen, nicht wahr?«

»Auf jeden Fall.«

»Ich hole Sie morgen früh um acht Uhr ab, wie wir es besprochen haben, ja?«

»Aber natürlich. Schlafen Sie gut, Marie-Alix.«

»Sie auch, Ulik.«

Und von Neuem war er allein in diesem so fremden Zimmer.

Er knipste alle Lampen aus und legte sich aufs Bett. Im Dunkeln konnte er davon träumen, woanders zu sein, weit fort von hier, im Land der Inuit.

Während er daran dachte, wie der Wind über den Schnee pfiff, und dabei einzuschlafen versuchte, klopfte jemand an die Tür.

Welch eine Überraschung: Es war eine der beiden jungen Frauen, die vorhin an der Bar miteinander geredet hatten.

»Guten Abend. Sieht so aus, als wünschten Sie sich Gesellschaft?«

Die junge Frau war sehr nett gewesen, auch wenn Ulik nicht gleich begriffen hatte, worauf sie spezialisiert war. Dies war eine der Schwierigkeiten, auf die er hier ständig stieß: Jeder war auf etwas spezialisiert – war Kellner, Arzt, Botschafter, Barmann. Bei ihm zu Hause war es einfacher: Alle Männer waren Jäger, und Punkt. Und alle Frauen kümmerten sich um die Iglus, kauten die Häute weich, nähten sie zusammen und zogen die Kinder groß. Sicher kam es auch vor, dass sie mit Keschern Lummen fingen, aber als richtige Jagd konnte man das ja nicht bezeichnen.

Die Gesellschaft der Kablunak mochte vielleicht arm an Geistern sein, aber sie war reich an Spezialisierungen. Er erinnerte sich an das Wort »Spiritualität«. Reich an Spezialität, arm an Spiritualität. Er freute sich, so eine schöne Formulierung gefunden zu haben.

Seine Gedanken kehrten zurück zu der jungen Frau, die eben fortgegangen war. Er spürte, wie er rot wurde. Es war das erste Mal, dass er bei voller Beleuchtung eine Frau geliebt hatte und nicht wie zu Hause in der Finsternis unter einer Felldecke, geräuschlos, während die anderen schliefen.

Er erinnerte sich an bestimmte Gesten der jungen Frau, und von Neuem erfassten ihn Erregung und Scham zugleich. Sie hatte ihm sehr unzüchtige Komplimente gemacht und gesagt, er sei der beste Liebhaber von allen Japanern gewesen, die sie bisher kennengelernt hatte.

Also hatte er ihr erklärt, woher er stammte. Sie hatte überrascht gewirkt und dann ein bisschen verlegen, als er ihr enthüllt hatte, dass er zum ersten Mal mit einer Kablunak-Frau zusammen war.

»Na ja, ich hoffe, du wirst es in guter Erinnerung behalten«, sagte sie lachend. »Das erste Mal ist immer wichtig …«

Sie hieß Jacinthe, was der Name einer Blume war, die er niemals gesehen hatte.

Dann hatte sie gefragt, ob er sie selber bezahlen würde.

Einen Augenblick lang war er völlig verblüfft, aber dann erinnerte er sich sehr vage: Die alte Anakanaluka hatte ihm von dieser Art Handel berichtet. Wenn früher die Walfänger der Kablunak einmal im Jahr in ihren großen Schiffen, deren Segel wie Flügel flatterten, vorbeigekommen waren, waren manche Inuit-Frauen an Bord gegangen und danach hochzufrieden zurückgekommen, mit Halstüchern, Messern und sogar mit kleinen Glasperlen. Ihre Männer ließen es zu, dass sie die Schiffe besuchten, weil man auf diese Art Gegenstände bekommen konnte, die für den Stamm nützlich waren, und außerdem blieben die Walfänger ja auch niemals lange. Aber manchmal entstanden aus diesen Begegnungen Babys, und das erklärt, weshalb – mehr als ein Jahrhundert später – Ulik, der Inuk, blaue Augen hatte.

Auch wenn er begriff, was Jacinthe wollte, fühlte er sich sehr verlegen.

»Du hast nicht verstanden, wer ich bin, stimmt's?«, fragte sie ihn.

»Nein, nein, ich glaube, ich habe verstanden, aber …«

»Hast du kein Geld?«

Er hatte wirklich kein Geld bei sich, die Organisation aller Länder auf der Welt übernahm alle Kosten.

»Hör mal«, meinte sie, »ich hätte es dir vorher sagen sollen, aber ich dachte, das wäre alles mehr oder weniger arrangiert. Kann ein anderer für dich bezahlen?«

Obwohl er die hiesigen Gebräuche noch nicht kannte, fühlte er, dass es unpassend gewesen wäre, mit seinen Gastgebern von der Organisation aller Länder auf der Welt über diese Begegnung zu sprechen. Besonders mit Marie-Alix sollte er es nicht tun, selbst wenn sie stets um sein Wohlergehen besorgt schien.

»Ich weiß nicht, ob …«

Plötzlich richtete sich sein Blick auf den großen Überseekoffer.

Er hatte Geschenke mitgebracht für die Menschen, denen er bei seinem Aufenthalt begegnen würde, für all die Kablunak-Anführer mit den verschiedenen Spezialisierungen, zum Beispiel für den Botschafter von gestern Abend.

Er öffnete den Koffer und betrachtete den Inhalt. Mehrere Tierplastiken aus Walross-Elfenbein oder Narwalzähnen, Mützen aus Polarfuchspelz, drei Paar Stiefel aus Robbenleder und Eisbärenfell.

»Such dir etwas aus«, sagte er.

Sie kam behutsam näher und streckte ihre hübsche Nase wie ein kleiner neugieriger Fuchs vor. In diesem Augenblick konnte er den Geist des kleinen Mädchens sehen, das noch in ihr lebte.

Er saß auf einem kleinen Sofa im Büro von Marie-Alix und wartete darauf, dass sie ihre Arbeiten erledigt hatte und ihn ins Hotel zurückbringen konnte. Er beobachtete sie, während sie Akten durchsah und gleichzeitig kurze Telefongespräche führte. Es beeindruckte ihn, wie sie in so vielen Bereichen, die für ihn geheimnisvoll waren, derart rasch entscheiden konnte.

»… nein, es ist nicht gut genug ausgearbeitet. Da muss er noch mal drübergehen vor der Präsentation … Es kommt überhaupt nicht in Frage, dass sich die Kommission für ihre Vergnügungen aus dem Topf unserer Betriebsausgaben bedient! Sollen sie sich doch Sponsoren suchen! … Ja, wir sind einverstanden mit der Partnerschaft, aber es muss noch mal der Kommission vorgelegt werden …«

Von Zeit zu Zeit hörte man es an die Tür klopfen, und einer der beiden jungen Kablunak, die im Nachbarbüro arbeiteten, trat ein und fragte Marie-Alix nach ihrer Meinung zu einem anderen geheimnisvollen Thema. Aus der Art und Weise, wie Marie-Alix mit ihnen sprach, konnte man klar erkennen, dass sie der Häuptling war, und Ulik war jedes Mal erstaunt, wie eine Frau zwei jungen kräftigen Männern, von denen zumindest einer ein guter Jäger hätte sein können, Anweisungen erteilte.

»Ulik, ich brauche bloß noch fünf Minuten, dann können wir los.«

Er dachte, dass es für ihn ein großes Glück war, solch eine Begleiterin zu haben. Marie-Alix hatte schöne hellblaue Augen, und obwohl sie schon über vierzig war, was im Land der Inuit für eine Frau ziemlich alt ist, ähnelte sie noch einer jungen Frau. Eine Sache an ihr irritierte Ulik dennoch ein bisschen: Zum ersten Mal hatte er eine Frau um sich, die größer war als er. Dabei war er es doch gewohnt, in seinem Stamm alle zu überragen. Alles an Marie-Alix fand er ein bisschen fremdartig und ziemlich wunderbar: ihre Haare, ihre rosige Haut, ihre zarten und sanften Hände und ihr kurzes, gedämpftes Auflachen. Er wusste, dass sie einen kleinen Sohn von zehn Jahren und eine siebzehnjährige Tochter hatte und dass ihr Mann nicht bei der Familie lebte. (Aber wo war er hin? Das hatte er nicht verstanden.) Man hatte sie zu seiner Betreuerin ausgewählt, weil sie als Spezialistin für die Inuit galt. Sie hatte ihm erzählt, dass sie mehrmals bei den Uktu am Black River gewesen war und auch im Land der Yupik und sogar bei den Tschuk, welche die Leute häufig mit den Inuit verwechseln, was sehr bedauerlich ist.

Sie hatten den Tag gemeinsam verbracht. Begegnungen mit diversen Offiziellen, Mittagessen mit zwei anderen Spezialisten für die Inuit-Zivilisation, dann Empfang im Salon eines großen Palastes, wo sich Ulik eine Menge Begrüßungsreden anhören und schließlich auch selbst sprechen musste.

Als Einstieg hatte er La Fontaines Fabel von der Stadtmaus und der Feldmaus gewählt, und alle waren bezaubert und zugleich überrascht gewesen, dass ein Inuk so gut ihre Sprache beherrschte.

»Mein lieber Ulik«, hatte Marie-Alix gesagt, als der Champagner serviert wurde, »Sie sind der allerbeste Botschafter!«

Er hatte nicht zuzugeben gewagt, dass er sich nur freiwillig gemeldet hatte, um vielleicht Navaranava wiederzugewinnen. Andererseits war er jetzt tatsächlich Botschafter geworden, und so sah er es als seine Pflicht an, seinen Stamm gut zu repräsentieren.

Auf Marie-Alix' Schreibtisch klingelte von Neuem das Telefon.

»Charles? … Nein, ich hatte bereits eingeplant, dieses Wochenende mit ihnen zusammen zu sein … Weißt du, es ist mindestens schon das dritte Mal, dass du im letzten Augenblick die Wochenenden tauschen willst …«

Er begriff, dass sie mit ihrem Mann sprach und dass sie sich darüber stritten, bei welchem Elternteil die Kinder das Wochenende verbringen sollten. Anscheinend durfte es nicht sein, dass sie ihr Wochenende mit Vater und Mutter gemeinsam zubrachten? War das bei den Kablunak ein Tabu, so wie man bei den Inuit niemals die Namen der Toten aussprechen durfte?

»So ein Idiot!«, schrie Marie-Alix in Richtung eines Autofahrers, der ihr die Vorfahrt genommen hatte. Für einen Augenblick überzog die Maske des Zorns ihr hübsches Gesicht.

Sie hatte Ulik angeboten, ihn ins Hotel zurückzubringen, und so saß er an ihrer Seite, während sie ihren kleinen Wagen durch den chaotischen Pariser Feierabendverkehr steuerte. Ihr Geschick beeindruckte ihn, aber natürlich ließ er sich das nicht anmerken, denn Erstaunen zu zeigen, schien ihm mit der Würde eines stolzen Inuk unvereinbar. Und dann hatte er in der Umgebung der Erdölbasis ja schon Motorschlitten gesehen, und ein Auto war gewissermaßen nur eine Variation davon. Im Übrigen hielten die Sitten der Kablunak für ihn viel tiefgreifendere Überraschungen bereit als ihre Maschinen.

Der große Wagen, den Marie-Alix erfolgreich überholt hatte, zog eine Weile später wieder an ihnen vorüber und hielt plötzlich vor ihnen an. Marie-Alix wollte ausscheren, aber das war unmöglich: Sie steckten im Stau. Die Tür des dicken Schlittens öffnete sich, und ein ebenso dicker Mann stieg aus. Er begann zu brüllen: »Verdammt, was glaubst du, wer du bist? Also wirklich, was die hier für einen Stil zusammenfährt!«

Ulik fragte Marie-Alix, ob sie diesen Mann, der »du« zu ihr sagte, kannte.

»Natürlich nicht. Mist, jetzt reicht's mir aber!«

Der Mann stand inzwischen ganz nahe an ihrer Tür

und stieß Wörter aus, die Ulik Beschimpfungen zu sein schienen; auf jeden Fall hatte er bei La Fontaine oder den übrigen Autoren seiner Kindheit keines dieser Wörter je gelesen. Hinter ihnen begannen die anderen Autos zu hupen.

»Man muss ihn stoppen«, sagte er.

»Bleiben Sie sitzen, Ulik, das bringt nichts.«

Aber man konnte doch unmöglich zuschauen, wie dieser Mann eine Frau beleidigte; so etwas wäre ein schwerer Fall von Schande gewesen. Ulik stieg aus dem Wagen.

Für einen Inuk war Ulik hochgewachsen, also mittelgroß und eher schlank, auch wenn seine Schultern auffällig breit waren.

»Ah, und du Schlitzauge da, du verziehst dich mal lieber«, sagte der Mann. »Dich wisch ich doch mit links auf die Bretter!«

Da hatte er sich getäuscht.

Als sich Ulik wieder neben Marie-Alix setzte, schien sie stumm geworden zu sein. Sie sahen, wie sich der Mann aufrappelte, zum Auto taumelte und, von einem Hupkonzert ausgebuht, den Motor anließ.

»Mein Gott«, sagte sie, »wenn Ihnen was passiert wäre …«

Und dann meinte sie beinahe fröhlich: »Donnerwetter, dem haben Sie's aber gezeigt!«

Aber sogleich fuhr sie in ernstem Ton fort: »Ulik, so etwas dürfen Sie nie wieder tun. Vor allem dürfen Sie sich hier niemals schlagen!«

»Auch nicht, um eine Frau zu verteidigen?«

»Oh, aber ich war ja nicht gefährdet, ich habe doch eine Zentralverriegelung.«

Aber ihre Ehre, dachte Ulik, ihre Ehre und seine? Wirklich, er hatte noch eine Menge zu lernen über das Leben im Land der Kablunak.

Als der Wagen vor dem Hoteleingang hielt, drehte sich Marie-Alix zu Ulik hin.

»Schön, morgen früh komme ich Sie wieder abholen.«

Er schaute auf den Hotelportier in seiner Livree, der sich dem Auto näherte, und dachte daran, dass sich die nächste einsame Nacht ankündigte.

»Ist irgendetwas nicht in Ordnung, Ulik?«

Sie hatte es erraten. Unter ihrem sanften Blick fühlte er sich plötzlich ganz nackt und bloß, wie ein kleines Kind, das nichts verbergen kann. Er hörte sich murmeln: »Nein, nein, alles in Ordnung.«

Sie glaubte ihm nicht.

»Stimmt im Hotel irgendetwas nicht?«

Er stammelte: »Ich … ich bin es nicht gewohnt … allein zu bleiben.«

Er sah, wie sich Marie-Alix' Augen überrascht weiteten.

»Aber natürlich! Daran hätte ich doch denken müssen! In Ihrem Land sind Sie ja niemals allein.«

»Nein.«

»Haben Sie mich deshalb letzte Nacht angerufen?«

Er spürte, wie er rot wurde. Welche Schande, vor einer Frau sein Innenleben derart zu entblößen! Dann fing er sich wieder und erklärte ihr, dass diesen Abend alles gut gehen würde. (Vielleicht konnte er die junge Frau von letzter Nacht ja wieder herbeirufen lassen?) Aber Marie-Alix blieb skeptisch.

»Ich habe den Eindruck, dass Sie sich hier unglücklich fühlen. Dass es für Sie eine schwere Prüfung ist.«

»Ja, aber ich kann es aushalten.«

Sie lachte, und einen Augenblick lang glaubte er, sie wolle sich über ihn lustig machen.

»Daran zweifle ich auch gar nicht! Ulik, warum sollte man unnötigerweise etwas aushalten, was eigentlich ein Fehler von unserer Seite ist? Wir hätten es gleich bedenken sollen …«

Sie begann zu überlegen, während der Portier bereitstand und darauf wartete, die Tür zu öffnen.

»Ich könnte Sie zur Botschaft bringen, dort gibt es Zimmer fürs Personal … Aber dann würde es Ärger mit unserer Organisation geben. Außerdem würden Sie riskieren, dort genauso allein zu sein …«

Sie schaute auf ihre Armbanduhr.

»Es ist heute schon ein bisschen spät, um das zu organisieren.«

Sie verstummte, und dann schaute sie ihn an.

»Mein lieber Ulik, es gäbe noch eine andere Lösung. Ich meine, wenn es Ihnen recht ist …«

Jenseits der Trennwand drehte sich Juliette, die siebzehnjährige Tochter von Marie-Alix, in ihrem Bett auf die andere Seite. Dann vernahm er leichtfüßige Schritte in Richtung Küche – Thomas wahrscheinlich – und das Geräusch der Kühlschranktür. An einer anderen Stelle in dieser Wohnung schloss sich eine Tür.

Im Halbdunkel konnte er an der Wand, die seinem Bett gegenüberlag, das Porträt eines fröhlichen jungen Mannes mit sehr hellen Augen erkennen, der vor einem kleinen Propellerflugzeug stand. Der Großvater von Marie-Alix, ein Pilot, wie sie ihm erklärt hatte. Er war während eines großen Krieges, den die Kablunak untereinander geführt hatten, mitsamt seinem Flugzeug verschwunden.

Er hatte auch die Fotos bewundert, auf denen die Kinder in verschiedenem Alter zu sehen waren, häufig mit ihrer Mutter, aber er hatte nicht zu fragen gewagt, warum man niemals den Vater zu sehen bekam, der ja, wie er sich erinnerte, »nicht bei der Familie lebte«. Er musste also richtig ernstlich von ihnen getrennt sein.

Ulik setzte sich in seinem Bett auf, weil er sich plötzlich unbehaglich fühlte. In seinem Land hätte man einem Fremden niemals erlaubt, in einem Iglu ohne andere Männer zu nächtigen – es sei denn, man hätte ihn dort mit einer Frau des Stammes allein gelassen, die man ihm für die Dauer seines Aufenthaltes ausgeliehen hatte.

Er hörte Thomas aus der Küche zurückkommen. Das Geräusch der Schritte verstummte kurz vor seiner Tür.

»Ulik?«

»Ja?«

»Du schläfst nicht?«

»Nein.«

Die Tür wurde sachte aufgeschoben, und Thomas kam mit kleinen schüchternen Schritten näher. Er war zehn Jahre alt und hatte eine für Kinder seines Alters überraschende Art, schweigend dazustehen. Aus Marie-Alix' Blicken hatte Ulik erraten, dass sie sich Sorgen um Thomas machte. Zwar kannte er sich mit den Kindern der Kablunak nicht aus, aber er hatte gespürt, dass bei Thomas irgendetwas anders war. Jetzt verharrte das Kind neben dem Bett und sagte kein Wort.

»Thomas, deine Mutter möchte bestimmt, dass du schlafen gehst.«

»Ich habe schon geschlafen.«

»Ja, aber die Nacht ist noch nicht vorüber.«

»Du schläfst ja auch nicht.«

»Stimmt, aber ich muss morgen nicht in die Schule.«

»Morgen trittst du im Fernsehen auf.«

Anscheinend waren sie alle ganz aufgeregt bei dem Gedanken, dass er am nächsten Tag im Fernsehen sein würde. Er wusste nicht recht, was er davon halten sollte.

»Ulik?«

»Ja.«

»Erzähl mir noch mal die Geschichte von der Jagd auf den Eisbären.«

Thomas schien von dieser Geschichte nicht genug bekommen zu können. Juliette hatte zwar auch zugehört, als Ulik beim Abendessen die Bärengeschichte erzählte, aber dann hatte sie schnell nachgefragt, wie man Felle zusammennähte, und interessiert erfahren, dass man für den Stiefelschaft das Bärenfell nach außen kehrt, dass das Innere häufig mit Hasenfell gefüttert ist und dass die Frauen die Häute selbstverständlich durchkauen müssen, um sie geschmeidiger zu machen.

Von Neuem erzählte er die Bärenjagd mit ihren Höhepunkten: die loshetzenden Hunde, der in der Ferne wellenförmig über den Schnee streifende Bär, dann der furchtbare Moment, in dem man seinen Speer mit sicherer Hand in die näher kommende Bestie stoßen musste.

Thomas fragte ihn: »Und hast du selber schon Bären getötet?«

Es war das erste Mal, dass ihn Thomas direkt etwas gefragt hatte.

»Ja.«

»Oft?«

»Zweimal.«

Und eben dabei hatte er den Geist des Großen Nanook beleidigt. Einen Bären zu töten gelingt den Menschen nur, wenn sich Nanooks Geist in diesen Bären begeben hat; also halten sie aus Ehrfurcht eine Trauerzeit ein, und mehrere Tage lang geht keiner auf Bärenjagd. Ulik aber hatte am Tag nach seiner ersten Jagd entdeckt, dass seine beiden Lieblingshunde während der Nacht von einem unbekannten Bären getötet worden waren. Und so hatte er sich, blind vor Wut, an dessen Fersen geheftet und ihn getötet.

»Und dann wurdest du verflucht?«

»Vielleicht. Auf jeden Fall hat es niemand gern gesehen.«

Und Navaranava war mir nicht länger versprochen, dachte er. Aber es war ihm peinlich, mit Thomas darüber zu reden. Kinder sollten sich den Verstand nicht mit dem Glauben anderer Völker vernebeln, so wie es den Inuit des Südens nach Ankunft der Missionare ergangen war.

Thomas erhob sich, küsste Ulik auf die Wange und ging wieder in sein Zimmer. Von Neuem hörte man, wie sich Juliette jenseits der Trennwand hin und her drehte. Dann herrschte Stille.

Ulik fühlte sich wohl. Wenn er sich konzentrierte, konnte er durch die angelehnten Türen die anderen drei atmen hören. Es war der Atem des Lebens, das Gegenteil der Einsamkeit, bei der man wie ein Toter in seinem Grab daliegt und nur noch das Knacken der eigenen Knochen hört.

Wie seltsam, der einzige Mann in diesem schlafenden Haushalt zu sein! Ohne ihn hätten sie den Abend so verbracht wie alle Abende vor seiner Ankunft, ohne einen Mann, der von seinem Jagdtag berichtet, der den kleinen Jungen zeigt, wie man ein richtiger Inuk wird, und der später zu seiner Frau ins warme Lager steigt. In gewisser Weise war Marie-Alix ebenso allein wie er den Abend zuvor im Hotelzimmer. Er bewunderte sie, weil sie das offenbar ohne Furcht ertragen konnte und bei Tag sogar stets fröhlich wirkte.

Ohne dass er sich dessen bewusst wurde, maß er in Gedanken den Weg aus, den er von seinem Bett in ihr Zimmer zurücklegen müsste. Aber wäre das nicht eine Beleidigung? Er konnte die Situation hier nicht einschätzen. Vielleicht hatte sie ihm durch ihr Lächeln bereits eine Einwilligung angedeutet? In diesem Fall hätte die Beleidigung darin bestanden, nicht zu ihr ins Zimmer zu gehen. Er dachte wieder an ihre rosige Haut, ihr Lächeln, ihre entschlossene Art am Lenkrad des kleinen Wagens.

Aber dann schlief er ein, und sein Traum trug ihn ins Land der Inuit.

»Ich werde Ihnen bloß ein paar Fragen über das Leben Ihres Stammes stellen, einverstanden? Und auch über Ihre ersten Eindrücke nach Ihrer Ankunft bei uns.«

Der Fernsehmoderator hatte harte und sehr regelmäßige Gesichtszüge, mit Augen, die ein bisschen in ihre Höhlen eingesunken lagen wie bei einem Jäger. Er wirkte jung, aber bei genauerem Hinsehen merkte Ulik, dass seine Haare sorgfältig arrangiert waren, damit man nicht sah, dass sie ihm ausfielen wie den meisten älteren Kablunak-Männern. An den Händen konnte Ulik erkennen, dass der Journalist mindestens doppelt so alt war wie er, was aber immerhin normal war für seine Stellung. Das hatte ihn von Anfang an erstaunt: Hier versuchten nicht nur die Frauen, jünger auszusehen – worin sie sich überhaupt nicht von den Frauen der Inuit und wahrscheinlich auch nicht von allen anderen Frauen der Welt unterschieden –, sondern auch die Männer bemühten sich, einen Anschein von Jugendlichkeit zu bewahren. Das verstörte Ulik. Der Wert eines Mannes zeigt sich in seinen Taten, nicht in der Frische seines Teints! Aber weil diese Leute nicht mehr auf die Jagd gingen, hatten sie wahrscheinlich auch den Sinn für das Wesentliche verloren.

»Gut«, sagte der Moderator, »Sie werden merken, das mit dem Fernsehen ist ganz simpel. Bleiben Sie einfach nur natürlich.«

Ulik hatte schon auf seinem Hotelzimmer ferngesehen und festgestellt, dass es schwierig war, damit wieder aufzuhören, wenn man erst einmal angefangen hatte. Sehr bald hatte er beschlossen, den Apparat nie wieder einzuschalten, denn sonst wäre er die ganze Nacht wach geblieben, hypnotisiert vom Bildschirm, er wäre von einem Sender zum nächsten gewechselt und hätte versucht, die wahren Geschichten möglichst schnell von denen zu unterscheiden, die bloß von Schauspielern gespielt wurden. War auch das Fernsehen wie der Alkohol nur eine Erfindung, die half, dass man sich nicht alleine fühlte? Eine Art Medikament also?

Und dann saß Ulik plötzlich hinter einem großen muschelförmigen Tisch, im Licht kleiner Scheinwerfer, die wie Sonnen strahlten, gleich neben dem Moderator, der ganz für sich allein redete und dabei in eine Kamera blickte.

»Wir haben einen Gast bei uns im Studio, der von weit her kommt, von sehr weit her, und der unsere Welt zum ersten Mal entdeckt. Er und sein Stamm sind zum Welterbe der Menschheit erklärt worden.« Er drehte sich zu Ulik hin. »Nun, Ulik, wie fühlt man sich, wenn man mit einem Mal Welterbe der Menschheit ist?«

Ulik fühlte sich wie gelähmt. Was sollte man darauf antworten? Er sah, wie der Blick des Moderators ihn mit leichter Ungeduld ausforschte.

»Das hängt davon ab …«, begann er.

»Wovon hängt das ab?«

»Es … es ist mir ein Vergnügen zu wissen, dass die Menschheit … dass sie uns gern hat.«

Es gelang ihm nicht, zu sagen, was er sagen wollte, und er kam sich lächerlich vor. Der Moderator übernahm sogleich wieder das Wort: »Und damit wir das Leben in Ihrer Heimat besser verstehen, schlage ich vor, dass wir uns jetzt eine Reportage über Ihren Stamm ansehen.«

Und sogleich zog auf dem Bildschirm das Packeis vorüber, aus einem Hubschrauber gefilmt und von einer flach einfallenden Sonne beleuchtet; dann erkannte Ulik zu seiner größten Verblüffung die Felsklippen von Igloolik und den Stützpunkt der Kablunak, eine Ansammlung von roten Zelten auf dem Schnee, und weiter hinten die Iglus seines Stammes. »Nördlich des Polarkreises«, sagte der Kommentator, »leben zwei menschliche Gemeinschaften miteinander, die unterschiedlicher nicht sein könnten. Die letzten nomadischen Inuit, die in ihrem Dorf noch wie in der Steinzeit leben, und die Arbeiter der neuen Erdölstation, die modernste Technik zur Verfügung haben …«

Im Bild erschien ein von Hunden gezogener Schlitten, gelenkt von einem Inuit, der eine Peitsche in der Hand hielt: Ulik erkannte diesen Angeber von Kuristivocq, der lächelte, als er an der Kamera vorbeifuhr. Dann sah man den Häuptling vor einem der Iglus, in Begleitung von Quananvissajaq, einem Inuit des Südens, den die Kablunak als Dolmetscher mitgebracht hatten. »Wie hat die Erdölbasis das Leben im Dorf verändert?«, fragte der Reporter. Der Stammesälteste antwortete, und Quananvissajaq übersetzte sogleich: »Wir verstehen uns sehr gut, jeder macht seine Arbeit.« Dann sah man Männer von der Erdölgesellschaft an einem steinübersäten Hügel Messungen vornehmen, man sah das Innere eines Zeltes voller moderner Geräte und Männer, die aus ihren Polaranzügen herauslächelten, und dann gab es eine Aufnahme vom Inneren eines Iglus. Ulik merkte, wie ihm Scham ins Gesicht stieg, denn verglichen mit dem Zelt wirkte der Iglu finster, schmutzig und verräuchert. Man sah kleine Inuit-Kinder über den Schnee auf die Kamera zurennen und ihre Hände lächelnd ausstrecken – wieder eine Aufwallung von Scham – und dann den Bärtigen, der für diese Mission verantwortlich war. Er erklärte, dass die Weißen hier dank ihrer modernen Ausrüstung überleben konnten, aber die Inuit der Natur seit Jahrtausenden mit ihren eigenen Mitteln trotzten. Dann gab es von Neuem eine Sequenz, in der Jäger auf ihren Schlitten vorbeizogen und die Hunde mit ihren Schreien antrieben. Und plötzlich sah Ulik in das Gesicht von Navaranava. Von Pelzen eingerahmt, war es schön und geheimnisvoll wie das einer Göttin. Nachdenklich blickte sie auf den Horizont. O Navaranava – Ulik spürte, wie sein Herz sich zusammenzog –, warum bist du nicht bei mir?

»Ulik?«

Er schreckte hoch. Der Moderator musste ihm gerade eine Frage gestellt haben.

»Was empfinden Sie, wenn Sie Ihre Heimat auf dem Bildschirm sehen, nachdem sie nun schon einige Tage in Paris verbracht haben?«

Was sollte man darauf nun wieder antworten? Dass er gern zurückgekehrt wäre? Aber er wollte seine Gastgeber, Marie-Alix und die Dame von der Organisation aller Länder auf der Welt, nicht verärgern …

»Ich … Mir wird warm ums Herz. Es freut mich zu sehen, dass es den anderen gut geht.«

Das klang schrecklich banal. Was hätte man sonst sagen können? Sollte er verraten, was der Häuptling in der Reportage wirklich geantwortet und was Quananvissajaq nicht zu übersetzen gewagt hatte? Er hatte nämlich gesagt: »Seit sich die Kablunak hier niedergelassen haben, bemerke ich bei den Inuit Anwandlungen von Faulheit.«

»Und was hat Sie, seit Sie hier sind, an unserer Lebensweise am meisten erstaunt?«, wurde Ulik nun gefragt.

Er spürte, dass sein Geist ganz leer war, aber dann entfuhr ihm plötzlich: »Die Spezialisierungen.«

»Die Spezialisten, meinen Sie?«

»Ja, bei uns sind alle Männer Jäger. Hier haben die

Männer eine Menge unterschiedlicher Berufe. Wenn ich jemanden treffe, muss ich erst herausfinden, was sein Metier ist.«

»Da haben Sie wirklich recht, mein lieber Ulik! Und die Frauen, was machen die bei Ihnen zu Hause?«

»Die Frauen ziehen die Kinder groß, sie kauen die Häute weich und kümmern sich um die Sachen ihres Mannes, wenn er auf die Jagd gehen will.«

Der Moderator lächelte.

»Nun ja, wenn es bei Ihnen noch immer so zugeht, heißt das wohl auch, dass dieses System nördlich des Polarkreises gar nicht so schlecht funktioniert! Lieber Ulik, herzlichen Dank, dass Sie in unsere Sendung gekommen sind – erinnern wir noch einmal daran, dass Sie unser Land besuchen, um Ihren Stamm zu repräsentieren, der zum Welterbe der Menschheit erklärt worden ist …«

Da fiel Ulik ein, dass er das Wichtigste vergessen hatte. Er repräsentierte seinen Stamm, also musste er sich schließlich intelligent zeigen.

»Ich möchte noch etwas hinzufügen«, sagte er.

Der Moderator zeigte einen Anflug von Verärgerung, aber er konnte einem Repräsentanten der Inuit ja vor Millionen Fernsehzuschauern keine Abfuhr erteilen.

»Selbstverständlich, aber bitte kurz, denn wir haben einen fest vorgeschriebenen Zeitrahmen!«

»Seit ich hier bin, mache ich mir Gedanken über einen merkwürdigen Gegensatz.«

»Worüber?«

»Nun ja, hier in Paris leben so viele Menschen, ich bin in einer Woche mehr Leuten begegnet als in meinem ganzen Leben bei den Inuit. Es gibt andauernd große

Versammlungen für alle, und zugleich halten Sie es aus, zum Beispiel abends ganz allein in einem Zimmer zu sitzen …«

»Das ist sehr interessant. Danke, Ulik, für ihre Anmerkungen, und jetzt zurück zu den Nachrichten des Tages. «

Das Gesicht des Moderators füllte von Neuem den ganzen Bildschirm aus, während man Ulik ein Zeichen gab, dass er aufstehen und das Studio verlassen sollte.

Beschämt erhob er sich. Er hatte den Eindruck, dass er es nicht geschafft hatte, sich gut auszudrücken, dass er aufdringlich gewesen war, weil er zu lange vor der Kamera geblieben war, und – schlimmer als alles andere – dass er sein Volk nicht ordentlich repräsentiert hatte.

Alle lächelten ihm zu. Er saß jetzt vor dem Spiegel, während die Maskenbildnerin sein Gesicht mit kleinen, feuchten Liebkosungen wieder in den Originalzustand zurückbrachte. Marie-Alix und er schauten einander im Spiegel an.

»Sie waren sehr gut«, meinte sie.

»Im Gegenteil«, sagte er. »Ich schäme mich.«

Sie legte ihm die Hand auf den Arm, und er fühlte, wie eine sanfte Wärme seinen Kummer ein wenig dämpfte.

»Ulik, Sie haben gar keinen Grund, sich zu schämen. Was Sie über die Berufe gesagt haben, war sehr interessant.«

»Aber er hat es belächelt!«

Marie-Alix schaute ein bisschen verlegen.

»Weil … für uns ist das ein wenig ungewohnt … die Rolle der Frau. Hier läuft es anders.«

»Das weiß ich doch! Aber in der Sendung wirkte ich wie ein Idiot, der nichts begreift.«

Und zu alledem hatte er Navaranava wiedergesehen. In seiner Abwesenheit würde alle Welt ihr den Hof machen, besonders Kuristivocq, dieser Angeber. Es war verrückt gewesen, einfach so wegzugehen. Wie gern hätte er alle Geister des Nordens beschworen und sich im nächsten Augenblick auf dem Schnee wiedergefunden, um seiner Geliebten entgegenzulaufen. Aber nein, er saß hier fest und gab eine groteske Figur ab, mit dem kleinen Handtuch um den Hals und der Frau, die um ihn herumwuselte und ihm das Gesicht abwischte, als wäre er ein Kind.

Selbst der mitleidvolle Blick von Marie-Alix bedrückte ihn, zeigte er ihm doch, wie schwach und hilflos er gewirkt haben musste.

Plötzlich hörte er, wie sich zwei Frauen im Flur stritten.

»Sie hätten es vorher mit ihm durchsprechen müssen!«

»Aber es war nicht vorgesehen, den Konzern zu erwähnen. Schließlich war es unsere Organisation, die …«

»Verdammt noch mal, ist Ihnen klar, wie viel Geld wir in dieses Schutzprogramm gesteckt haben?«

»Aber das hier ist keine Werbesendung.«

»Ach nein? Unabhängiger Journalismus, oder wie? Wir werden uns daran erinnern, wenn wir über unser nächstes Werbebudget entscheiden!«

Er hatte die Stimme von Florence erkannt. Sie war eine Mitarbeiterin des Oberhäuptlings der Erdölgesellschaft und auch mit Marie-Alix befreundet. Na großartig, zu all dem Unheil, das über ihn gekommen war, gerieten die Leute seinetwegen auch noch in Streit. Er sah, dass Marie-Alix es ebenfalls gehört hatte. Die Maskenbildnerin hatte ihm gerade das Handtuch abgenommen, und er stand mit einem Satz auf. Er wollte weg, dem Schauplatz seiner Demütigung entfliehen. Während ihm Tränen des Zorns in die Augen stiegen, kamen Leute ins Zimmer, um mit ihm zu sprechen, ihn zu beglückwünschen. Aber Marie-Alix hielt sie auf Abstand und zog Ulik mit sich fort. »Tut mir leid«, sagte sie, »wir haben noch einen anderen Termin.«

Und dann saßen sie in ihrem kleinen Wagen inmitten des Großstadtverkehrs, und sie fuhr noch schneller als sonst. Sie wollte Ulik in Sicherheit bringen, sie konnte ihn so gut verstehen. Aber zum ersten Mal hatte er das Bedürfnis, allein zu sein. Er wollte nicht bemitleidet werden und wäre lieber ins Hotel zurückgebracht worden. Dort hätte er sich in der Einsamkeit des Zimmers verstecken können, er hätte ein paar Polar Bear bestellt und die hübsche Kablunak mit den Ohrringen auf sein Zimmer kommen lassen, um sich wieder als Mann zu fühlen. Aber wie sollte er Marie-Alix das begreiflich machen?

Er hatte immer noch nicht herausgefunden, wie er es ihr sagen sollte, als sie die Wohnung betraten, und auch noch nicht, als sie die Tür hinter ihnen schloss, und auch nicht, als sie sich ihm zuwandte.

»Ulik?«

Sie blickte ihn an. Wie eine Mutter, die sich Sorgen macht, weil ihr Kind leidet, dachte er, und dieser Vergleich betrübte ihn. Sie trat auf ihn zu, und er spürte, wie ihre Hand ihm die Wange streichelte, und ihre schönen Augen tauchten in seine Augen ein. Dann kam sie noch ein bisschen näher, und in dem Augenblick, als er sich sagte, dass der Vergleich mit einer Mutter vielleicht doch nicht so treffend gewesen war, umarmte und küsste sie ihn.

Als sie dann beide in Marie-Alix' Zimmer waren und er nach und nach ihren weißen Körper entdeckte und ihr Herz pochen spürte, hatte er schon keine Lust mehr, ihr zu sagen, dass er lieber allein sein wollte.

Ulik und Marie-Alix schlafen, einer an den anderen geschmiegt.

Marie-Alix' träumerisches Lächeln, ihre kleinen flachen Brüste, die langen Wimpern an den geschlossenen Augenlidern und, schließlich, ihr Glücklichsein lassen sie wie ein junges Mädchen aussehen. Zum ersten Mal seit langer Zeit liegt sie neben einem Mann. Sie träumt, dass sie glücklich ist.

Ulik schläft auf dem Bauch. Sein breiter Rücken wölbt die Bettdecke wie ein Bergmassiv, so als steckte noch der Geist eines Tieres in ihm. Sein Arm liegt quer über dem blassen Bauch von Marie-Alix. Er träumt vom Land der Inuit.

Ulik wurde wach, als jemand zur Wohnungstür herein-
kam. Plötzlich wurde ihm bewusst, dass er nackt und
allein in Marie-Alix' großem Bett lag. Mit einem Satz
sprang er auf die Füße.

Er hörte, wie sich Schritte der angelehnten Tür näher-
ten.

»Maman?«

Juliettes Stimme. Ulik stand da wie erstarrt und
wusste nicht, was er machen sollte. Sollte er antworten
und sich damit verraten? Oder lieber nichts sagen?
Aber vielleicht hatte sie ihn schon gehört. Wo war Marie-Alix? Wahrscheinlich ins Büro gefahren.

»Ulik?«

Er konnte sich gerade noch das Laken um die Hüfte
wickeln, ehe Juliette eintrat, neugierig, beunruhigt, wie
ein hübscher kleiner Fischotter, der schon allein zu fischen versteht.

»Ich … ich wollte gerade ein Bad nehmen«, sagte er
und zeigte auf die Badezimmertür.

Sie lächelte.

»Aber hier ist doch gar keine Badewanne!«

Das stimmte, denn das größere Badezimmer befand
sich am anderen Ende der Wohnung.

Plötzlich bemerkte er, wie Juliettes Blicke sich auf
seine über den Fußboden verstreuten Kleidungsstücke
hefteten, auf die Unordnung der zerknitterten Laken; er
sah die Röte in ihr reizendes Gesicht steigen und spürte

gleichzeitig, wie seine eigenen Wangen zu glühen begannen. Sie machte abrupt kehrt und flüchtete in ihr
Zimmer. Ulik hörte die Tür zuknallen.

Es tat ihm leid. So war es nicht gedacht gewesen. Juliette hätte nicht so früh aus dem Gymnasium kommen
sollen. Marie-Alix hätte ihn wecken müssen, ehe sie gegangen war. Und er wusste überhaupt nicht, wie man
sich in solch einer Situation angemessen benahm.

Er hatte Marie-Alix' Mann nicht gefragt, ob er sich
seiner Frau nähern dürfe; im Land der Inuit hätte er das
getan. Aber vielleicht war es gar nicht mehr ihr Mann?
Sie hatte sich über diesen Punkt nicht besonders klar
geäußert. Im Übrigen wusste Ulik, dass sich Juliette
und Thomas weiterhin mit ihrem Vater trafen. Vielleicht glaubte Juliette, dass er, Ulik, der neue Ehemann
ihrer Mutter werden sollte? In seinem Volk gab es nämlich weiter keine Zeremonien, als dass die Familien zu-
stimmten und man sich dann gemeinsam unter einem
Dach wiederfand.

Aber Marie-Alix' neuer Mann konnte er nicht werden, er wollte ja ins Land der Inuit zurück! Und doch –
wenn er an sie dachte, wie sie sich an seinen Körper
schmiegte, wie sie kleine verstohlene Seufzer ausstieß,
wenn er sie liebte (ganz anders als die junge Frau aus
dem Hotel), fühlte er sich gleichzeitig gerührt, glücklich und auch stolz, mit einer so kostbaren und interessanten Frau zusammen gewesen zu sein.

Im Badezimmer ließ er die Wanne volllaufen und
sah nachdenklich auf das herumwirbelnde warme Wasser. Eine kleine Plastikente rutschte vom Wannenrand,
schwamm einen Augenblick lang, verschwand dann
unter dem Strahl, der aus dem Wasserhahn schoss, und

tauchte ein Stückchen weiter wieder auf, um erneut im Strudel zu versinken.

Es war, als wollte ihm ein Geist zeigen, was aus ihm geworden war. Genauso geht es mir, dachte er, in diesem fremden Land bin ich ebenso wenig der Herr meines Schicksals wie dieses von den Wasserfluten hin und her gerissene Entchen.

»Wir sind eingeladen«, sagte Marie-Alix.

»Wir?«

»Ja, Sie und ich. Immerhin bin ich ja Ihre Begleiterin.«

Sie lächelte ihm über ihre Kaffeeschale hinweg zu und reichte die Karte hinüber. Diese war geschmückt mit der Silhouette eines Rentiers oder jedenfalls eines Tieres, das einem Ren sehr ähnlich sah. Ein Stückchen weiter unten stand geschrieben, dass der Vorstandsvorsitzende des Erdölkonzerns sich glücklich schätzen würde, sie zum Diner begrüßen zu dürfen.

»Er möchte Sie gern auf seine Seite ziehen«, sagte Marie-Alix.

»Aber warum?«

»Für das Image seines Konzerns. Die Erdölgesellschaften haben auch hier keinen sehr guten Ruf. Die Inuit hingegen findet man sympathisch. Daher hat uns der Konzern auch so viel Geld zum Schutz Ihres Stammes gegeben. Man wird dort eine Schule einrichten, eine Krankenstation und so weiter.«

Ulik überlegte. Alles, was man zum Schutz seines Stammes tat, schien ihm in Wirklichkeit eine Bedrohung zu sein. Er erinnerte sich an die wahren Worte des Häuptlings im Fernsehen. Die Kablunak hatten gute Absichten, aber sie benahmen sich wie in der Fabel vom Bären und vom Gartenfreund, wo der Bär seinen Herrn tötet, als er ihn vor einer Fliege beschützen will.

Marie-Alix schaute von Neuem auf die Einladungs-karte.

»Eigentlich schreiben sie, dass wir uns die Jagd an-schauen können, und am Abend gibt es einen Empfang und das Diner.«

»Ah, eine Jagd?«

Eine Woge der Erregung durchlief ihn. Endlich ein spannendes Ereignis! Neben den Frauen war die Jagd der andere wichtige Bestandteil im Leben eines rich-tigen Inuk. Der Vorstandsvorsitzende war ein sehr ge-schickter Mann.

»Ja, man macht Jagd auf das Tier, das Sie dort abge-bildet sehen.«

»Mit Gewehren?«

»Nein, es ist eine Hetzjagd. Mit Hunden und Pferden. Oh, sagen Sie bloß«, fuhr sie lachend fort, »das scheint Ihnen ja sehr zu gefallen.«

Es war seltsam, sie redeten miteinander genau wie früher, sie siezten sich, als hätten sie nicht bereits meh-rere Male zusammen in einem Bett gelegen. Den Abend zuvor war Marie-Alix sehr spät heimgekommen – ein Arbeitsessen, hatte sie erklärt –, und dann hatte sie beide, kaum dass einige Worte gewechselt waren, sehr schnell wieder der Rausch des Verliebtseins gepackt. War es normal, dass eine Kablunak-Frau niemals von Liebe sprach? Nach dem, was er am Vorabend im Fern-sehen beobachtet hatte, schien es sehr wohl zu ihren Gewohnheiten zu gehören!

Er hatte auf Marie-Alix gewartet und sich eine lange Szene angesehen, in der eine perfekt frisierte Frau einem schon leicht ergrauten Mann erklärte, sie wolle wissen, »wo es mit ihnen hingeht«, obgleich sie sich beide die ganze Zeit im gleichen Zimmer aufhielten. Schließlich hatte Ulik begriffen, dass sie den Mann dazu bewegen wollte, über ihre Beziehung zu sprechen. Dann zappte er sich durch die Programme und blieb schließlich bei einer Sendung hängen, in der mehrere junge Frauen berichteten, wie sie sich verliebten, und dann den Typ von Mann beschrieben, den sie sich erhofften. Es fiel ihm auf, dass der Traummann fast immer »sportlich« sein sollte. Das beruhigte Ulik. Als sportlich durfte er sich schon betrachten. Im Land der Kablunak war es das Äquivalent für »ein guter Jäger«. Dann wollten sie auch einen Mann »mit Humor« und »mit Charakter«, einen, der »verständnisvoll« war. Ulik wusste, dass es ihm nicht an Charakterstärke fehlte, denn nur so hatte er als Waisenkind überleben können. In puncto Humor war er weniger sicher … Gewiss schaffte er es, Marie-Alix zum Lachen zu bringen, aber manchmal passierte das ganz unbeabsichtigt. Und was »verständnisvoll« anging, so wusste er nicht, ob damit ganz allgemein die Befähigung, etwas zu begreifen, gemeint war – in diesem Fall war er seit seiner Ankunft nicht besonders verständnisvoll gewesen – oder einfach die Gabe, die Wünsche und Gefühle der Frauen zu erraten. Aber selbst das war anscheinend nicht gerade seine Stärke: Hatte er sich im Hotel nicht zunächst über die Absichten der jungen Frau getäuscht, und hatte er nicht erst im letzten Augenblick mitbekommen, dass Marie-Alix sich zu ihm hingezogen fühlte? Natürlich konnte er Fortschritte machen – so, wie wenn ein Mann ein guter Jäger wird, indem er nach und nach die Gewohnheiten und die Reaktionen des Wildes kennenlernt –, aber nichtsdestotrotz fehlten ihm Vorbilder zum Beobachten.

Den Frauen schien es richtig Freude zu bereiten, im Fernsehen erklären zu können, was sie von einem Mann erwarteten. Aber gaben sie damit nicht zu, dass sie allein waren? Wie konnte es sein, dass sie das nicht traurig machte? In Uliks Land hätte ihre Einsamkeit bedeutet, dass ihnen ein Makel anhaftete, dass sie einen schlechten Charakter hatten oder nicht imstande waren, sich um einen Mann zu kümmern. Aber die Freude, im Fernsehen aufzutreten, überdeckte vielleicht ihre Traurigkeit? Oder hatten sie erraten, dass sie bessere Chancen hatten, einen Mann an Land zu ziehen, wenn sie lächelten? Denn Ulik hatte auch verstanden, dass jeder Zuschauer anrufen konnte, um Kontakt zu den Frauen aufzunehmen. Eine kleine Blonde, die ein bisschen pummelig war, schien ihm besonders interessant. Sie erklärte, sie liebe »Natur, frische Luft, Wanderungen und Reisen in andere Länder«. All das führte Ulik zu der Annahme, dass sie wahrscheinlich nichts gegen einen Aufenthalt im Land der Inuit gehabt hätte. Er spielte einen Augenblick mit dem Gedanken, sie anzurufen, aber ihm war klar, dass es wegen Marie-Alix hier und Navaranava dort nicht gerade ein realistischer Plan war.

Seine Fernsehorgie war von Thomas unterbrochen worden, der nach seiner Heimkehr von der Schule sogleich darum gebeten hatte, noch einmal die Geschichte von der Eisbärenjagd erzählt zu bekommen. Ulik begann zu begreifen, wo bei Thomas das Problem lag: Wenn sich der kleine Junge für ein Thema wirklich interessierte, konnte er sich nicht mehr davon losreißen. Ulik hatte es schon ein wenig satt, diese Geschichte zu erzählen, vor allem, weil er fürchtete, durch die Wiederholungen den Geist des Großen Nanook, den er beleidigt hatte, zu wecken. Aber Thomas nahm sein Zögern überhaupt nicht wahr. Genauso hatte Thomas am Abend zuvor lang und breit über Astronomie gesprochen, eine seiner Leidenschaften, und sich daran gemacht, Ulik die Entfernungen zwischen der Erde und verschiedenen Sternen aufzusagen. Davon einmal abgesehen, war er ein netter Junge, allerdings achtete er nicht genügend darauf, ein guter Jäger zu werden. Nun ja, es stimmte schon, Letzteres würde für Thomas später nicht von Belang sein.

»Bei dieser Jagd, darf ich da aufs Pferd steigen?«, fragte er Marie-Alix, als sie ihren Frühstückskaffee tranken.

»Aber Ulik, Sie haben das noch nie gemacht!«

»Nein, aber ich habe schon Hunde geführt. Ich kann es doch mal versuchen mit einem Pferd. Es sieht nicht besonders schwierig aus. Bevor die Jagd losgeht, könnte ich schon ein wenig üben.«

Marie-Alix zögerte, aber gleichzeitig spürte Ulik, dass sein Wunsch, aufs Pferd zu steigen, ihr Vergnügen bereitete. Sie schien jedes Mal glücklich zu sein, wenn er selbst glücklich aussah. Das ist Liebe, dachte er plötzlich, und es war für ihn ein kleiner Schock.

In diesem Moment betrat Juliette die Küche; sie war mürrisch und schlecht ausgeschlafen. Ulik vermied es, sie anzusehen – nicht nur wegen der Begegnung in Marie-Alix' Schlafzimmer, sondern weil er sie ein bisschen zu hübsch fand und weil ihr Körper an diesem Morgen außerdem ein bisschen zu sichtbar war unter dem dünnen Baumwollhemdchen, das sie nachts trug. Hatte sie mit ihrer Mutter gesprochen? Er selbst hatte Marie-Alix nichts von Juliettes Entdeckung erzählt, und jetzt merkte er, dass es ein Fehler gewesen war.

Juliette setzte sich und warf ihnen einen kurzen Blick zu, den man gut und gern als gemein bezeichnen konnte.

»Gut geschlafen?«, fragte sie.

Die Frage schien an beide gerichtet zu sein.

»Sehr gut, und du?«

»Ach, na ja.«

Sie goss sich Kaffee ein und Milch und begann zu trinken, wobei sie ihre Schale mit beiden Händen festhielt, als wäre sie an diesem schwierigen Morgen einfach zu schwer. Während sie trank, schaute sie Ulik die ganze Zeit genau in die Augen. Er wandte seinen Blick ab.

»Bleiben Sie hier?«, fragte sie brüsk.

»Ob ich hierbleibe? Oh, ich weiß nicht …«

»Ulik ist unser Gast, Juliette.«

»Unser Gast oder dein Gast?«

»Juliette!«

Marie-Alix wurde blass.

»Juliette, wenn du mir etwas zu sagen hast, brauchst du nicht gleich allen das Frühstück zu verderben. Wir reden gleich darüber.«

Juliette knurrte: »Anstandsregeln, immer Anstandsregeln.«

»Genau. Und gieß dir nicht zu viel Milch in den Kaffee, du weißt genau, dass du es nicht verträgst.«

Juliette ließ demonstrativ noch mehr Milch in ihre Schale laufen. In diesem Augenblick kam Thomas in die Küche und gab reihum jedem ein Küsschen.

»Guten Morgen, Maman, guten Morgen, Ulik, guten Morgen, Juliette.«

Selbst ein Junge wie Thomas, dessen Aufmerksamkeit so sehr um seine innere Welt kreiste, musste merken, dass sie ein bisschen steif dasaßen.

Er nahm Platz und schaute in die Runde.

»Was ist? Hab ich was angestellt?«

»Nein, Thomas, alles in Ordnung.«

»Na, zum Glück.«

Er begann, ein Stückchen Baguette methodisch mit Butter zu bestreichen. Alle beobachteten ihn dabei, um einander nicht in die Augen blicken zu müssen.

»Ulik, erzählst du mir die Geschichte mit dem Bären?«

Und diesmal war Ulik richtig froh, sie von Neuem erzählen zu dürfen.

»Mein kleines Geschenk des Nordens«, sagte Marie-Alix und streichelte Ulik die Wange.

Die Kinder waren in der Schule, und sie lagen wieder im Bett, einer an den anderen geschmiegt. Er sah aus nächster Nähe ihren blauen Blick und den Glanz ihrer Zähne zwischen den rosigen Lippen, wenn sie ihm zärtliche Worte zuflüsterte. Rosa, weiß, blau – das war eine neue Harmonie, die er sehr zu mögen begann. Jetzt flüsterte sie: »Mein kleines Geschenk des Nordens weiß nicht so recht, was er zu einer großen Kablunak-Frau sagen soll, die ein bisschen seltsam ist.«

»Mein großes Geschenk des Südens ...«

Sie lachte.

»Dann haben wir einfach nur Geschenke ausgetauscht?«

»So muss es auch sein«, antwortete Ulik. »Ohne den Austausch von Geschenken gibt es keine harmonischen Beziehungen zwischen zwei Menschen und erst recht nicht zwischen zwei Kulturen.«

Sie lachte noch einmal, und dann verstummte sie. Eine kleine Wolke zog über ihr Gesicht.

»Sorgen?«, fragte er.

»Juliette.«

»Sie werden mit ihr reden müssen.«

»Und was sage ich ihr dann?«

Er wusste nicht, was er darauf antworten sollte.

»Dass … dass ich sie gern habe und ihr nichts Böses tun werde.«

Marie-Alix lachte.

»Oh, ich glaube nicht, dass sie davor Angst hat!«

Er spürte deutlich, dass ihm nicht richtig klar war, wie eine Kablunak-Familie funktionierte.

»Aber warum ist sie dann so?«

Marie-Alix schaute ihn an.

»Weil … Ach, machen Sie sich darüber keine Sorgen, es ist ja nicht Ihr Problem. Ich werde mit ihr reden, ich habe sie in der letzten Zeit nicht oft genug gesehen.«

»Und ihr Vater?«

»Der hat gar nichts zu sagen, dieser Blödian!«, rief sie aus und schaute die Zimmerdecke an.

Dieses Wort hatte Ulik niemals gehört, aber er spürte, dass es kein Kompliment war. Sie blickte ihn von Neuem an.

»Kleines Geschenk des Nordens, machen Sie sich keine Sorgen, weder um Juliette noch um mich.«

»Großes Geschenk des Südens, ich mache mir keine Sorgen, solange ich Sie lächeln sehe.«

Aber Marie-Alix lächelte nicht mehr. Sie richtete sich auf, indem sie sich auf einen Ellenbogen stützte – ihre kleinen Brüste boten dabei einen reizenden Anblick.

»Ich frage mich, ob die Organisation unseren Austausch von Geschenken gut finden würde … oder eigentlich kann ich mir das selbst beantworten.«

»Ich bin ein Welterbe der Menschheit. Was auch immer ich tue, man wird alles gut und richtig finden.«

Sie lachte wieder.

»Das kleine Geschenk des Nordens hat die Welt der Kablunak rasch begriffen. Aber das große Geschenk des

Südens könnte bei der ganzen Sache sehr negativ beurteilt werden.«

»Das große Geschenk des Südens hat einen armen, verwirrten Inuk in seinen Netzen eingefangen.«

Sie schreckte hoch.

»Ist das … Sehen Sie die Dinge so?«

»Aber nein, Marie-Alix, ich habe doch nur einen Scherz gemacht.«

»Entschuldigen Sie, ich bin so idiotisch.«

»Sie sind noch immer mein großes Geschenk des Südens«, sagte er und nahm sie in die Arme.

»Ah, das gefällt mir besser.«

Er hielt sie an sich gedrückt und spürte ihre Wange an seinem Hals, so nah, dass ihre Stimme erstickt klang. Plötzlich merkte er, dass sie weinte.

»Marie-Alix?«

Sie schluchzte.

»Entschuldigen Sie … Ich bin das gar nicht mehr gewohnt.«

Sie weinte, weil sie schon lange kein Mann mehr in seine Arme genommen hatte.

Und während er die Feuchtigkeit ihrer Tränen an seinem Hals spürte, fragte er sich, was das für eine verrückte Welt war, in der man eine solche Frau der Einsamkeit überlassen konnte.

Ulik träumte.

Er schritt im Regen mitten über einen riesigen Platz im Land der Kablunak, der mit Statuen geschmückt war und verstellt von Autos, die nicht vorankamen. Er schlüpfte recht schnell zwischen den Fahrzeugen hindurch, aber der Platz war so riesengroß, er schien überhaupt kein Ende zu nehmen, und Ulik fragte sich, ob er ihn jemals hinter sich lassen würde. In seinem Rücken spürte er die Gegenwart des Nanook, der ebenfalls begonnen hatte, den Platz zu überqueren, und zwar in dieselbe Richtung wie Ulik. Als Ulik sich kurz umsah, erblickte er einen weißen Rücken, der sich zwischen den Fahrzeugen hindurchwand. Voller Angst ging er weiter. Er spähte nach dem kleinen Auto von Marie-Alix aus – wenn er es fand, könnte er darin Zuflucht suchen. Aber links und rechts standen immer nur unbekannte Wagen, und hinter den regennassen Windschutzscheiben konnte er entsetzte Gesichter ausmachen, weil der Eisbär Ulik immer näher kam …

Da vernahm er eine wunderbare Musik, die ihn ganz einzuhüllen schien, aber gleichzeitig war es auch, als käme sie aus seinem Inneren, und er spürte, dass sie ihn vor Nanook schützen würde.

Ulik wachte auf.

Die Musik kam gar nicht aus seinem Körper, sondern von irgendwoher aus der Wohnung. Er erinnerte sich an jenes Instrument, das die Kablunak Piano nannten und das ihm mit seinen Zähnen aus Elfenbein wie ein schlafendes Ungeheuer vorgekommen war. Er wusste, dass Thomas manchmal darauf spielte.

Er stand auf und ließ sich von der Musik ins Wohnzimmer leiten.

Thomas saß dem Ungeheuer gegenüber und schien es zum Singen zu bringen, indem er einfach das Elfenbein streichelte.

Ulik wusste, wie ein Klavier funktionierte, er hatte die Saiten und Hämmerchen gesehen, und doch schien ihm auf der ganzen Angelegenheit ein Zauber zu liegen.

Und – Überraschung! – neben Thomas hatte ein Mann Platz genommen. Er war groß und schlank, hatte ein schmales, bleiches Gesicht und lange Haare, die schon grau zu werden begannen, obgleich das Gesicht noch jung wirkte. Er ließ Thomas nicht aus den Augen, aber als der Parkettfußboden unter Uliks Schritten knarrte, hob er doch den Kopf.

»Ulik!«, rief Thomas.

»Ich bin Thibault und gebe Thomas Klavierunterricht«, sagte der Mann, und auch wenn er nicht lächelte, dachte Ulik, dass er einen sehr sanften Blick hatte. Und ohne zu wissen, weshalb, war ihm klar, dass sie gute Freunde werden würden.

Als die Unterrichtsstunde vorüber war, lief Thomas in sein Zimmer, und Thibault blieb mit Ulik noch ein wenig am Klavier.

»Thomas hat mir schon von Ihnen erzählt«, sagte Thibault. »Er mag Sie sehr.«

»Aber Sie scheint er auch sehr zu mögen.«

»Er ist ein netter Junge. Und dazu noch schrecklich begabt«, sagte Thibault mit einem Seufzer.

Ulik fragte ihn, weshalb die Tatsache, dass Thomas begabt war, ihn offensichtlich nicht glücklich machte.

»Oh, doch, ich bin froh, ihn als Schüler zu haben. Es macht mich nur traurig, dass er sein Talent nicht voll ausschöpfen kann. Seit sein Vater fort ist, fällt es ihm schwer, sich auf die Musik zu konzentrieren, und er übt viel weniger. Und dann glaube ich, dass es vielleicht nicht alle gern sähen, wenn er Pianist würde. Na ja, wissen Sie, das kann ich sogar verstehen«, sagte Thibault lachend, aber auch sein Lachen kam Ulik traurig vor.

»Natürlich ist er ein etwas merkwürdiger Junge«, redete Thibault weiter. »Das kommt nicht bloß, weil sein Vater …«

»Ja. Er ist so konzentriert auf das, was ihm gerade im Kopf herumgeht, dass er alles um sich herum vergisst …«

»Genau so ist es!«

»… und dann wiederholt er immer die gleichen Dinge oder will immer dasselbe erzählt bekommen. Die Geschichte von der Bärenjagd musste ich ihm schon mindestens sechsmal erzählen.«

»Ja, und ebenso oft hat er sie mir nacherzählt«, sagte Thibault lächelnd. »Aber habe ich es richtig verstanden, dass Sie ohne Gewehr jagen?«

Ulik erklärte, dass sein Stamm tatsächlich der letzte auf der ganzen Welt war, der noch mit Speeren tötete.

»Warum gerade Sie und nicht die anderen?«

»Weil es der Häuptling unseres Stammes so entschieden hat.«

Als der Häuptling jung gewesen war, hatte er beobachtet, was mit den Inuit des Südens alles geschehen war, nachdem sie die Kablunak kennengelernt hatten.

Daraufhin hatte er den Stamm noch weiter nach Norden geführt, um in nichts von den Kablunak abhängig zu sein und weiterhin so leben zu können, wie es ihre Vorfahren von jeher getan hatten.

»Er meint, es wäre der Anfang vom Ende unserer Kultur, wenn wir damit beginnen würden, Gewehre zu benutzen.«

»Ich nehme an, Napoleons gibt es überall auf der Welt, selbst bei den Inuit«, sagte Thibault.

Ulik wusste, dass Napoleon ein großer Kablunak-Anführer gewesen war, also hielt er die Bemerkung für ein Kompliment.

»Um auf Thomas zurückzukommen«, sagte Thibault, »so glaube ich, dass Sie einen guten Einfluss auf ihn ausüben können. Wenn wir mit den Klavierübungen fertig sind, versuche ich seine Aufmerksamkeit auf das zu lenken, was um ihn herum geschieht, also beispielsweise auch auf mich. Ich glaube, dass auch Sie ihm helfen könnten.«

Ulik fühlte sich immer wohler in der Gesellschaft dieses Kablunak mit den langen Haaren. Er hatte den Eindruck, dass auch er in dieser Welt so etwas wie ein verirrter Jäger war, und sein Interesse für Thomas machte ihn noch sympathischer.

»Kümmert sich sein Vater um ihn?«

»Als er noch mit Thomas' Mutter zusammenlebte, ja. Aber ich habe Thomas auch in der jetzigen Wohnung seines Vaters ein paarmal Unterricht gegeben und hatte den Eindruck, Thomas spielt fast immer allein.«

Ulik versuchte, sich die Szenerie vorzustellen: ein Kind, das ganz für sich allein spielt, ohne andere Kin-

der um sich herum! Das war genauso außergewöhnlich, wie wenn man sich ganz allein in seinem Zimmer
einschloss.

»Aber warum bloß hat er sich von einer Frau wie Marie-Alix scheiden lassen? Kannten Sie die beiden schon
vorher?«

»Sie fragen mich Sachen. Wie meistens hatte es wahrscheinlich mehrere Gründe. Aber wenn Sie meine Meinung interessiert: Ich glaube, er wollte sich von einer
jüngeren und weniger komplizierten Frau ganz einfach
bewundern lassen. Männer mögen das Gefühl, ange-
himmelt zu werden; ich nehme an, bei den Inuit ist das
genauso, und mit einer Frau, die einen schon lange
kennt, ist es eben schwieriger.«

»Ich verstehe, aber weshalb hat er Marie-Alix nicht
behalten?«

Thibault lächelte.

»Oh, weil sie das nicht gewollt hätte! Akzeptieren es
denn die Frauen in Ihrem Land, sich einen Mann teilen
zu müssen?«

»Bei uns mögen sie es auch nicht, aber wenn Sie ein
guter Jäger sind, können Sie manchmal zwei Frauen haben. Und ein besserer Jäger kann Ihnen auch wieder
eine wegnehmen oder sogar alle beide.«

»Na so was! Und das geht immer gut aus?«

»Nicht immer. Sie können den anderen Mann zum
Kampf herausfordern, und wenn Sie ihn besiegen, geht
die Frau mit Ihnen. Aber sie kann sich auch weigern.
Und es passiert sogar, dass ein Mann einen anderen aus
Eifersucht tötet.«

»Ich hatte gedacht, die Inuit würden keine Eifersucht
kennen!«

»Ja, seltsam, das glauben hier offenbar einige. Aber es stimmt nicht.«

Und der Gedanke an Navaranava, die ganz allein mit diesem Angeber von Kuristivocq zurückgeblieben war, gab ihm einen Stich ins Herz.

»Also kennt man bei Ihnen auch Scheidungen?«

»Ja, aber man heiratet dann schnell wieder, eine Frau findet immer einen Mann. Jeder weiß ja, dass ein Mann nicht ohne Frau bleiben kann, er würde sich langweilen und trübselig werden. Außerdem drohen unverheiratete Männer Unruhe ins Eheleben der anderen zu bringen. Und wie soll man ohne eine Frau seine Kleidung für die Jagd in Ordnung halten? Und warum sollte eine Frau gern allein bleiben?«

»Hmm … ich verstehe«, sagte Thibault. »Bei uns ist das ganz anders. In dieser Stadt beispielsweise … Ich habe in der Zeitung gelesen, dass in Paris fast jede zweite Frau allein lebt.«

Es dauerte ein paar Sekunden, ehe Ulik diese Information verdaut hatte. Millionen von männerlosen Haushalten, wo die Frauen die Nacht allein in ihren Betten verbrachten!

»Aber … haben sie denn keine Männer?«

»Manche hatten mal einen, andere nicht.«

»Wie ist so etwas möglich?«

»Oh, das ist etwas kompliziert. Die erste Ursache liegt sicher darin, dass Heiraten heute nicht mehr obligatorisch ist.«

»Früher war es das wohl?«

»Na ja, die Frauen brauchten einen Mann, der ihren Unterhalt sicherte und den ihrer künftigen Kinder.«

Allmählich begriff Ulik. Es war ihm schon aufgefallen, dass man hier anscheinend mit Frauen schlafen konnte, ohne sie heiraten zu müssen. Oder man konnte mit einer jüngeren fortgehen, ohne die frühere zu behalten.

»Und seit es die Empfängnisverhütung gibt«, redete Thibault weiter, »hat sich alles noch mehr geändert. Früher hatten die Frauen richtig große Angst, dass sie ein Kind bekommen könnten, ohne verheiratet zu sein. Heute sind sie von solchen Sorgen befreit.«

Ulik erinnerte sich an eine der Entdeckungen, die er mit Jacinthe gemacht hatte – Kondome. Und dann hatte Jacinthe ihm auch erklärt, dass man als Frau nur jeden Tag ein bestimmtes Medikament zu schlucken brauchte, um nicht schwanger zu werden.

»Und wie ist es bei den Inuit?«, fragte Thibault.

»Die Inuit-Frauen haben nur im Sommer ihre Regel. Und in dieser Jahreszeit, in der die Sonne nicht untergeht, haben sowieso alle am meisten Lust auf Liebe. Und dann sind wir auch so eine kleine Schar, dass bei uns jedes Baby willkommen ist …«

»Ach, so eine richtige Liebessaison zu haben …«, sagte Thibault nachdenklich.

»… außer in Zeiten der Hungersnot.«

Er wagte nicht, Thibault zu berichten, was in Hungerszeiten geschehen konnte: Man war gezwungen, bestimmte Babys zu töten, um andere zu retten. Er hatte das niemals mit eigenen Augen gesehen, wusste aber, dass es Brauch war. Es war offensichtlich, dass die Kablunak schon seit Langem keine Hungersnot mehr erlebt hatten, und dennoch sah er in dieser großen Stadt nur sehr wenige Kinder.

»Warum bringen Sie nicht mehr Kinder auf die Welt?

Ihre Gesellschaft macht doch einen so reichen Eindruck!«

»Gute Frage«, sagte Thibault.

»Haben Sie denn Kinder?«

»Nein.«

Ulik wollte ihn nicht fragen, weshalb nicht, aber Thibault antwortete von selbst.

»Vielleicht, weil man als Pianist immer ein wenig die Hungersnot riskiert!«

Und dazu lachte er wieder, und Ulik spürte, dass sie Freunde sein würden.

Ulik hatte Thibault auf die Straße begleitet. Als er wieder an der Pförtnerloge vorbeikam, ging die Tür auf, und die Concierge trat heraus.

»Ich glaube, hier ist ein Brief für Sie«, sagte Maria.

Maria war nicht sehr groß und ein bisschen rund, ähnlich wie manche Frauen bei den Inuit (die unvergleichliche Navaranava natürlich ausgenommen).

Sie reichte ihm einen mit Stempeln übersäten Brief, der erst an die Organisation aller Länder auf der Welt gegangen und dann an Marie-Alix umadressiert worden war. Ulik war sehr überrascht.

»Ich habe Sie im Fernsehen gesehen«, sagte Maria.

»Daran erinnere ich mich nicht so gern.«

»Aber was denn, Sie haben sehr gut gewirkt. Und außerdem hat mir die Geschichte gefallen von den Frauen, die Tierhäute weich kauen. Ich habe mir gesagt, so kann man bestimmt sein Hungergefühl unterdrücken; wäre doch eine gute Methode, um abzunehmen, und am Ende springen dabei noch schöne Stiefel raus!«

»Hör doch auf, Monsieur Ulik auf den Wecker zu gehen«, tönte eine Männerstimme aus den Tiefen der Pförtnerloge.

»Aber ich gehe ihm nicht auf den Wecker, wir unterhalten uns, du verstehst so was nicht.«

Miguel erschien an der Tür, wie üblich ein bisschen schläfrig. Er arbeitete nachts auf einer Baustelle, die nie fertig wurde.

»Mir hat die Reportage sehr gefallen«, sagte er. »Wie Sie es schaffen, Vögel zu fangen. Haben Sie schon mal gesehen, wie man Ringeltauben jagt?«

»Nein. Wie sehen die aus?«

»Das sind ziemlich große Tauben. Sie werden auch mit Netzen gefangen, oben in den Bergen, an der spanischen Grenze, wo ich herkomme.«

»Und fangen Sie viele?«

»In guten Jahren schon. Wir müssen darüber mal in Ruhe reden, kommen Sie doch mal auf ein Gläschen vorbei. Aber jetzt muss ich mich hinlegen …«

Er verabschiedete sich, und Maria machte die Tür zu. Ulik stieg die Treppe empor und riss dabei in fieberhafter Erregung den Umschlag auf. Es war ein Brief von Quananvissajaq, dem Inuktitut-Dolmetscher aus dem Süden.

Lieber Ulik,
hier ist alles in Ordnung. Aber die Dinge ändern sich weiter. Die Erdölstation soll noch wachsen, und Dein Dorf auf die andere Seite des Hügels umziehen. Die Kablunak haben vorgeschlagen, ihre Motorschlitten zu verleihen, um dem Stamm beim Transport der Sachen zu helfen, aber Euer Häuptling hat abgelehnt. Er ist überhaupt nicht zufrieden. Kuristivocq hat sich von den Kablunak ein Gewehr geben lassen. Er macht Jagd auf Moschusochsen und gibt mächtig an.

Seit Deiner Abreise hat es zwei Geburten gegeben, aber eines der Kinder ist tot. Der Chef der Erdölbasis hat vorgeschlagen, dass sein Arzt im Dorf vorbeischaut und alle behandelt, die es nötig haben, auch die Kinder. Euer Häuptling hat wiederum abgelehnt, aber da haben die

Frauen protestiert, und am Ende musste er nachgeben. Du siehst, es passiert einiges.

In diesem Brief findest Du etwas, das mir jemand gegeben hat, der an Dich denkt. Komm rasch zurück.

Mögen die Geister mit Dir sein.

Quananvissajaq

Ulik griff in den Umschlag. Drei kleine Federn von Krabbentauchern, mit Geschmack ausgewählt und zusammengehalten von einer Haarsträhne. Navaranava.

Die Bewohner dieses vornehmen Mietshauses hatten auf ihrer Treppe noch nie das Geheul eines Inuk gehört, aber ein einziges Mal genügte, damit sie es nie wieder vergaßen. Und das galt auch für die beiden kleinen Hunde aus dem vierten Stock, die seit jenem Tag zu winseln begannen und sich unter den Möbeln verkrochen, sobald sie im Treppenhaus Uliks Schritte vernahmen.

Als Ulik die Wohnung betrat, hörte er Musik aus Juliettes Zimmer. Er beschloss, mit ihr zu reden, denn er konnte es nur schwer ertragen, mit einer Person, deren Feindseligkeit er spürte, unter einem Dach zu wohnen. Das Gespräch mit Thibault hatte ihm Selbstvertrauen gegeben. Wenn er Thomas nützlich sein konnte, warum nicht auch Juliette?

Er schob die Tür zu ihrem Zimmer auf. Juliette war mit einer gleichaltrigen Freundin zusammen. Zwei schlanke junge Mädchen, die auf dem Boden fläzten, mit nackten Füßen und wahrscheinlich gerade dabei, einander Geheimnisse zu verraten – wie zwei junge Inuit-Frauen es machen würden und alle anderen Freundinnen auf der Welt.

»Vielleicht hättest du ja mal anklopfen können, Ulik«, schleuderte Juliette ihm verachtungsvoll entgegen.

Er fühlte sich wie gelähmt. Das Anklopfen hatte er ganz vergessen – diese bizarre Angewohnheit der Kablunak, mit der man andere vor seiner Ankunft warnte. Im Land der Inuit gab es so etwas nicht: Wollte man einander besuchen, dann tat man es einfach ohne irgendwelche Zeremonien.

»Entschuldigt bitte«, stammelte er.

Juliettes Freundin lächelte ihm zu.

»Guten Tag, Ulik!«

Sie war größer als Juliette, eine Brünette mit langen Haaren und niedlichen Sommersprossen rund um ihre kleine Nase, die beinahe so kurz war wie bei einer Inuit-Frau. Ihre goldbraunen Augen ähnelten der Farbe von Whisky, und sie schien eine Variante der Art zu sein, zu der Juliette gehörte – ein hübsches Tierchen, aber weniger wild und eher zum Spielen geneigt. Ihm fiel auf, dass sie ein sehr knappes T-Shirt trug, das von Zeit zu Zeit ihren Nabel sichtbar werden ließ, eine kleine Einkerbung in der glatten Haut ihres Bauches. Sie drehte sich zu Juliette hin: »Für einen Eskimo ist er groß, nicht wahr?«

»Ulik, warst du es, der im Treppenhaus so rumgeschrien hat?«

Meine Güte, sie hatten es gehört. Er wusste nicht, was er sagen sollte.

»Guten Tag, Ulik, ich bin Diane.«

»Guten Tag, Diane.«

»Ulik, könntest du uns vielleicht mal in Ruhe lassen?«

»Also wirklich, Juliette, ich finde, du bist nicht gerade freundlich zu Ulik.«

Juliette seufzte, stand auf und ging zur Tür.

»Na schön, wenn Ihr beide miteinander reden wollt, tut euch keinen Zwang an; ich muss sowieso noch jemanden anrufen.«

Und so hockte Ulik plötzlich Diane gegenüber und bemühte sich, nicht auf ihren Bauchnabel zu starren, aber das war schwierig, denn wenn er weiter nach oben guckte, sah er ihr Lächeln oder ihre Brüste, die sich unter dem T-Shirt wölbten.

»Ich habe Sie im Fernsehen gesehen«, sagte Diane.

»Anscheinend haben mich eine Menge Leute gesehen.«

»Juliette hatte uns den Sendetermin genannt. Ich finde, es war sehr interessant, was Sie gesagt haben.«

»Wirklich? Ich selbst fand mich nicht gerade interessant.«

»Aber doch, natürlich!«

»Was denn zum Beispiel?«

»Ich … ich weiß nicht mehr genau, aber interessant war es jedenfalls. Das Leben in Ihrem Stamm, die Jagd und alles das. Und dann, am Ende, diese schöne Eski… pardon, diese Inuit-Frau. Kennen Sie sie?«

»Ja.«

»Ach klar, wie blöd von mir, es ist ja Ihr Stamm. Da kennen sich alle.«

»Sie sind ganz bestimmt nicht blöd.«

»Oh, wenn meine Lehrer das nur auch denken würden!«

Er fragte, welche Spezialisierung sie später einmal wählen wollte.

»Ach, ich weiß noch nicht. Mein Freund arbeitet in der Werbung, vielleicht kann ich da auch mal was machen.«

»Und werden Sie ihn dann heiraten?«

»Ach, ich weiß nicht. Wir sind jetzt zwei Jahre zusammen, aber ich möchte mich noch nicht gleich entscheiden.«

Das begriff er nicht: Wenn sich Diane mit ihrem Freund gut verstand, warum heirateten sie dann nicht? Diane lachte und verbarg ihren Mund dabei hinter der Hand – ganz wie eine junge Inuit-Frau.

»Ich weiß nicht«, sagte sie. »Vielleicht denke ich, dass ich noch andere Dinge erleben muss. Wie soll ich wissen, ob er der Richtige ist?«

Ulik begriff, dass eine junge Kablunak-Frau Mann um Mann kennenlernen musste, bis sie endlich den »richtigen« gefunden hatte. Und was machte sie, wenn sie nach dem vierten plötzlich merkte, dass der erste eigentlich schon der »richtige« gewesen war? Und was erwartete sie eigentlich genau von einem Ehemann? Gerade wollte er Diane fragen, als Juliette wieder ins Zimmer kam.

»Und, Bekanntschaft geschlossen?«

»Klar. Sehr sympathisch, dein Freund Ulik.«

»Aha. Und könntest du uns jetzt allein lassen, Ulik?«

Er zog sich zurück und ließ die jungen Frauen hinter der Tür wieder ihr Gemurmel aufnehmen. Sicher meinten sie, dass niemand sie hören konnte, aber wer hat schon ein schärferes Gehör als ein Inuk?

»Wow, er ist echt sexy! Ich verstehe deine Mutter!«

»Hör doch endlich auf!«

Ulik ging auf sein Zimmer zurück, und das Bild jenes reizenden Bauchnabels tanzte ihm vor den Augen wie eine schöne Frühlingsblume. Mit einem Seufzer legte er sich aufs Bett. Das Leben in Paris erwies sich als eine noch härtere Prüfung, als er es sich vorgestellt hatte.

Außer ihm saßen nur Frauen um den großen Bespre-
chungstisch. Dreizehn zählte er; einige waren hübsch,
andere weniger, aber allesamt schienen sie gut gelaunt
zu sein und ziemlich aufgeregt über das Thema der Sitzung – über ihn, Ulik.

Marie-Alix saß zu seiner Rechten und war bereit, ihn
vor allzu direkten Fragen zu schützen oder als Dolmet-
scherin zu dienen, wenn er einen bestimmten Ausdruck
nicht verstand. Die PR-Chefin der Ölgesellschaft, Florence, der er schon im Fernsehstudio begegnet war, saß
auch mit am Tisch. Ihre Haare, so schien es Ulik, waren
ein wenig heller als beim letzten Mal, ihr Gesicht war
genauso sorgfältig und geschmackvoll geschminkt. Für
eine Frau redete sie eher laut, und hin und wieder
fiel sie sogar einer anderen Frau ins Wort, nämlich Viviane, die immerhin Häuptling der großen Frauenzeitschrift zu sein schien, in deren Konferenzraum im
obersten Stockwerk eines großen Bürogebäudes sie gerade tagten.

Ehe Ulik bis hierher gelangt war, hatte er viele Flure
durchquert und zu seiner Verblüffung bemerkt, dass
alle Büros von Frauen besetzt waren. Kein einziger
Mann war in Sicht. Und alle hatten von ihrer Arbeit auf-
gesehen, als er mit Marie-Alix und Florence vorbeige-
gangen war.

»Interessant wäre, welche Sicht Ulik auf die französischen Frauen hat«, sagte eine kleine Blondine mit spit-

zer Stimme. »Ich kann mir das als Titelgeschichte sehr gut vorstellen: ULIK – WIE ER UNS SIEHT.«

»Ja, vielleicht«, meinte eine andere mit braunen Locken. Es sah nicht so aus, als würde sie die kleine Blondine besonders schätzen. »Allerdings müsste er zuerst berichten, wie es bei den Inuit-Frauen abläuft.«

»Ach, ich weiß nicht, ob das unsere Leserinnen wirklich interessiert«, meinte eine ältere Frau, die auch irgendein Häuptling zu sein schien.

»Aufgabe unseres Magazins ist doch auch, den Leserinnen andere Sichtweisen zu eröffnen«, sagte Viviane, die Chefredakteurin. »Die Lage der Frau in einem Stamm, der zum Welterbe der Menschheit erklärt worden ist – das ist schon interessant. Was meinen Sie, Marie-Alix?«

Marie-Alix zögerte einen Moment mit der Antwort, und alle Blicke richteten sich auf sie.

»Entschuldigung … Ja, ganz bestimmt, das Leben einer Inuit-Frau ist sehr interessant.«

»Aber warum lässt man dann keine Frau herkommen?«, fragte eine andere, die von Anfang an unzufrieden gewirkt hatte.

»Eine Frau, gute Idee!«, riefen die anderen. »Eine Frau, das wäre toll!«

Aber Florence unterbrach sie.

»Hier haben wir einen Repräsentanten der Inuit, der bereit war, zu uns zu kommen. Wir werden nicht den ganzen Stamm einfliegen lassen. Und außerdem kann uns auch Ulik sehr gut davon berichten; so war es ohnehin geplant.«

»Würden Sie denn eine Frau herkommen lassen können?«, fragte Ulik.

Keiner sagte ein Wort. Er dachte an Navaranava.

»Ich glaube nicht, dass es notwendig ist«, sagte Viviane. »Uliks Standpunkt wird interessant genug sein für unsere Leserinnen.«

»WIE ER UNS SIEHT«, wiederholte die kleine Blondine.

Sie hatte ein spitzes Näschen und Sommersprossen, was ihr ein kindliches Aussehen verlieh; sie wirkte wie ein unartiges kleines Mädchen.

»Schön«, sagte Viviane und drehte sich zu ihr um, »du kümmerst dich um das Interview.«

»In Ordnung«, meinte die kleine Blondine. »Wir müssen einen Termin ausmachen, Ulik.«

»Ich glaube, es wäre gut, wenn ich auch dabei bin«, sagte Marie-Alix.

»Wird das wirklich notwendig sein?«, fragte die kleine Blondine.

»Gute Idee«, meinte Viviane, »dann fallen Ihnen vielleicht noch zusätzliche Fragen ein, Marie-Alix.«

»Ich würde auch gern dabei sein«, sagte Florence. »Für uns ist dieses Interview genauso wichtig wie für Sie.«

»Ich dachte, es wird ein Interview, keine Pressekonferenz!«, schimpfte die kleine Blondine.

»Wenn du es nicht machen möchtest – ich bin sicher, dass andere gern einspringen«, sagte Viviane.

Alle verstummten, und die kleine Blondine errötete, während sie murmelte: »Okay, okay.«

In diesem Moment wandte sich die lockige Brünette an Ulik: »Ulik, wir haben Sie nicht gerade oft nach Ihrer Meinung gefragt. Sagen Sie doch einfach mal, wie Sie uns sehen, hier und jetzt!«

Alle in der Runde hörten auf zu reden und schauten ihn an. Da saßen sie, die hübschen und die weniger hübschen, die schwatzhaften und die stillen, die freundlichen und die strengeren. Er dachte an all die männerlosen Büros und sagte sich, dass diese Frauen in seinen Augen etwas gemeinsam hatten.

»Ich habe den Eindruck …«, begann er.

Wie sollte man es ihnen sagen?

»Na los, Ulik«, meinte Viviane, »sprechen Sie aus, was Sie wirklich denken.«

»Aber sagen Sie trotzdem nicht alles«, fügte Florence lachend hinzu.

Von Neuem war es einen Augenblick lang still. Ja, das war es, jetzt hatte er seine Worte gefunden.

»Ich habe den Eindruck, dass Sie auf die Männer verzichten können. Dass Sie gelernt haben, ohne sie zu leben.«

Die Frauen blickten einander an.

»Mädels, ich wittere ein gutes Thema«, sagte Viviane.

Ulik, wie gefallen Ihnen die Frauen in Paris?

Sehr, sie sind sehr hübsch.

Dankeschön. Aber sind die Frauen der Inuit denn nicht hübsch?

Doch, selbstverständlich. Aber zwei sehr unterschiedliche Landschaften können gleichermaßen schön sein.

Was meinen Sie – wäre eine Inuit-Frau glücklich, hier zu leben?

Ich glaube, sie würde sich freuen, all die Schönheitsprodukte zu entdecken, die Sie hier haben. Bei uns gibt es natürlich auch welche, aber sie sind weniger raffiniert, wir haben nur verschiedene Tierfette.

Was würde ihr noch gefallen?

Sie könnte eine Spezialisierung haben, einen Beruf, so wie Sie. Aber vielleicht würde sie das gar nicht wollen.

Warum nicht?

Unsere Frauen sind es anders gewohnt. Und wenn sie den gleichen Beruf wie die Männer hätten, wozu brauchte man die Männer dann noch?

Aber hier läuft es ja so, wie Sie gerade gesagt haben. Frauen und Männer arbeiten beinahe in den gleichen Berufen.

Ja, das weiß ich. Ich habe verstanden, dass Frauen genauso gut sein können wie Männer, jedenfalls in den Berufen, die bei Ihnen wichtig sind. Selbst bei uns gibt es einige Frauen, die sich sehr gut aufs Hundeführen verstehen. Sie sind mutig.

Glauben Sie, dass die Frauen von hier ebenso mutig sind wie die Inuit-Frauen?

Es ist nicht die gleiche Art von Mut. Die Frauen der Inuit müssen der Kälte trotzen und dem Hunger, oft müssen sie den Tod ihrer Neugeborenen verwinden, und natürlich müssen sie auch der Gefahr begegnen, einem Bären über den Weg zu laufen, wenn sie sich vom Lager entfernen.

Und die Frauen hierzulande?

Soll ich sagen, was ich wirklich denke?

Aber natürlich, Ulik.

Für mich war es am Anfang schwer, in einem Zimmer allein zu bleiben. In meinem Land ist man niemals ohne die anderen. Aber ich habe verstanden, dass hier viele Frauen allein leben, ohne einen Mann.

Vielleicht haben sie sich das selbst so ausgesucht.

Ja, mag sein, aber egal ob die Einsamkeit selbstgewählt ist oder nicht, sie erfordert viel Mut. Genauso viel, wie man braucht, um der Kälte zu trotzen oder einem Bären zu begegnen, auch wenn es nicht die gleiche Art Mut ist.

Und weshalb leben die Frauen Ihrer Meinung nach allein?

Das weiß ich nicht; ich habe noch nicht alles verstanden von Ihrer Kultur.

Aber haben Sie keine Vermutung?

Ich denke, dass die Frauen hier nicht den Eindruck vermitteln, dass man sie beschützen muss. Also fühlen sich die Männer vielleicht nicht verpflichtet, bei ihnen zu bleiben.

Glauben Sie, dass man bei einer Frau bleibt, um sie zu beschützen?

In meinem Land ist das jedenfalls so. Wie sollten die

Frauen sonst zurechtkommen? Aber natürlich ist es noch besser, wenn man sie auch liebt. Auf jeden Fall müssen die Frauen in meinem Land heiraten und Kinder kriegen, wir sind ja so wenige Leute.

Und Sie meinen, hier brauchen die Frauen die Männer nicht mehr, um beschützt zu werden?

Ich weiß nicht. Womöglich brauchen sie sie immer noch, aber das ist inzwischen nur noch so ein Gefühl. Ich glaube, sie würden sich gern beschützt fühlen, selbst wenn sie es nicht mehr nötig haben. Aber vielleicht wissen die Männer hierzulande auch nicht mehr, wie man das macht.

Aber Sie denken nicht, dass auch eine Frau einen Mann beschützen kann?

Doch, natürlich. Uns beschützen sie zum Beispiel vor der Kälte, indem sie ständig unsere Kleidung ausbessern.

Gewiss, aber sie können einen auch beschützen, wenn man traurig ist oder nicht weiß, wie man sich in einer bestimmten Situation aus der Affäre ziehen soll.

Mag sein … Manche Frauen sind bessere Beschützerinnen als andere. Aber trotzdem ist es besser, wenn wir uns die meiste Zeit von der starken Seite zeigen.

Könnten Sie sich in eine Frau von hier verlieben?

Ja, aber ich habe eine Verlobte im Land der Inuit.

Wie verliebt man sich auf Inuit-Art?

Man denkt die ganze Zeit an die Frau, die man liebt, man fühlt sich sehr fröhlich, wenn man sie erblickt, man leidet, wenn man von ihr getrennt ist, man fürchtet, ein anderer könnte ihr gefallen, und man hat Mühe, sich auf seine Aufgaben zu konzentrieren.

Das kommt mir aber sehr bekannt vor!

Kann sein. Aber für einen Mann ist es nicht gut, wenn er allzu verliebt ist.

Warum denn?

Er läuft Gefahr, einen Teil seiner Kraft zu verlieren und nicht mehr so ein guter Jäger zu sein. Und für eine Frau ist es doch schwieriger, einen Mann zu lieben, der seine Stärke nicht zeigt. Das nämlich ist es, was ihnen Lust auf Liebe macht.

Tatsächlich?

Ja. Was die Frauen von hier betrifft, weiß ich nicht ... Ich weiß nicht, was sie verliebt macht.

Und Liebe ist immerhin wichtig zwischen Inuit-Eheleuten?

Ja, selbstverständlich. Aber die Liebe kann nicht fortdauern, wenn man zwischen Mann und Frau keine guten Regeln des Austauschs hat. Jeder muss zufrieden sein. In meinem Land kennt jeder seine Rolle.

Und bei uns nicht?

Ich habe Ihr System des Austauschs zwischen Männern und Frauen offen gestanden noch nicht begriffen. Das bedeutet natürlich nicht, dass es kein solches System gäbe, aber auf alle Fälle scheint es nicht besonders klar zu sein.

Könnten Sie unseren Leserinnen einen Rat geben?

Machen Sie den Männern Lust darauf, Sie zu beschützen.

Dankeschön, Ulik. Wir wünschen Ihnen noch einen sehr schönen Aufenthalt bei uns.

Vielen Dank für den freundlichen Empfang!

»Lieber Ulik«, sagte Florence, »ich sehe mit Vergnügen, dass die Jagd Sie so sehr interessiert.«

»Ja … aber trotzdem tut es mir leid, nicht selbst aufs Pferd steigen zu dürfen!«

»Das verstehe ich, aber Sie sind zu kostbar für uns, und es wäre zu gefährlich.«

Sie verfolgten die Jagd in einem Geländewagen, der ziemlich genau so aussah wie jene, die in der Umgebung der Kablunak-Basis aufgetaucht waren. Der Chauffeur hieß Marcel; er war ein stämmiger Mann mit dicken roten Wangen. Ulik saß neben ihm, während sich Florence und Marie-Alix auf dem Rücksitz in Ruhe unterhielten. Die Jagd schien sie nicht besonders zu reizen. Ganz anders Marcel, den Ulik gleich sympathisch gefunden hatte. Marcel erklärte Ulik den Ablauf der Jagd in allen Details, und von Zeit zu Zeit nannte er ihm sogar die Namen der Bäume.

Florence war ein bisschen jünger als Marie-Alix, aber in ihr schien der Geist eines jungen Mädchens nicht mehr zu wohnen, und das trotz ihrer sehr glatten Haare, die auf mysteriöse Weise golden geworden waren, trotz ihrer zahlreichen Schmuckstücke und ihres Makeups, das ihm so perfekt schien wie kaum ein anderes, das er in Paris gesehen hatte. (Marie-Alix trug lediglich ein bisschen Lippenstift und Lidschatten auf, und so mochte er es auch, denn wie sollte man eine Frau lieben, ohne den Geschmack ihrer Haut kosten zu können?)

Florence' Stimme war nicht so sanft wie die von Marie-Alix und ihre Bewegungen waren abrupter.

»Da ist das Tier!«, rief Marcel.

Und Ulik sah, wie der Hirsch weit von ihnen entfernt mit elegantem Sprung über den Fahrweg setzte und gleich wieder im Dickicht des Waldes verschwand. Eine Sekunde später stürmte die wilde, kläffende Hundemeute vorüber, dann folgten die rot gekleideten Reiter auf überaus eindrucksvollen Pferden, deren schäumende Mäuler und weit heraustretende Augen Ulik beim ersten Anblick beinahe Furcht eingeflößt hatten.

»Er ist abgekämpft«, sagte Marcel, »sie werden ihn bald haben!«

»Das ist der Augenblick, den ich scheußlich finde«, sagte Marie-Alix.

»Du bist zu empfindlich«, meinte Florence. »So ist das Leben eben.«

»Mag sein, aber ich muss ja nicht alle Aspekte des Lebens mögen.«

»Wie denken Sie darüber, Ulik?«

Er drehte sich zu ihnen um, und sie blickten ihn erwartungsvoll an.

»Auch für uns ist die Jagd ein Teil unserer Welt«, sagte er.

»Siehst du«, sagte Florence zu Marie-Alix.

Er sah, dass Marie-Alix verwirrt war, als hätte er sie gerade verraten. Er fügte hinzu: »Aber wir jagen nur, um uns zu ernähren oder Pelze zu bekommen.«

»Ah, ich wusste ja, dass es nicht dasselbe ist«, sagte Marie-Alix zu Florence.

»Wie dem auch sei, die Jagd ist eben eine Tradition«,

sagte Florence genervt. »Sie haben doch auch Ihre Traditionen, oder?«

»Nur solche, die wir unbedingt zum Leben brauchen.«

An der Art und Weise, wie Florence ihn anschaute, merkte er, dass sie ziemlich empfindlich war.

»Donnerwetter, wenn sie da hinten lang sind, werden sie ihn beim Beauchard-Teich erledigen«, sagte Marcel und trat aufs Gaspedal. »Voilà, da wartet ein schönes Halali auf uns!«

Aber Ulik sollte niemals erfahren, was ein schönes Halali ist.

Der Hirsch flüchtete sich in den Garten eines Hauses am Waldrand, und die Eigentümerin, eine junge Frau mit Gärtnerschürze, verwehrte den Reitern hartnäckig den Zutritt. Die Hunde verfolgten den Hirsch bis ans Haus, woraufhin er einen Satz machte und sich auf die Motorhaube des dort abgestellten Autos rettete. Ulik begriff, dass dieser Wagen ziemlich wertvoll sein musste, denn er hörte Marcel ausrufen: »Verdammt noch mal, der BMW wird ja hinterher toll aussehen!«

Die Frau brüllte die Hunde und die Reiter an, als wäre der Geist des Hirsches in sie gefahren.

»Noch so eine wehleidige Tussi, die gegen die Jagd ist!«, regte sich Florence auf.

Als die Hunde ebenfalls begannen, auf die Motorhaube zu klettern, sprang der Hirsch graziös aufs Autodach, und dort oben hielt er aus, die Hufe fest in die Karosserie gedrückt. Von Zeit zu Zeit verpasste er einem Hund, der auf die gleiche Höhe vordringen wollte, einen Stoß mit dem Geweih. Die Frau brüllte weiter – Ulik verstand die Wörter »Polizei« und »Prozess«. Schließlich stiegen zwei Reiter von ihren Pferden, trieben die Hunde zusammen und scheuchten sie von dem Anwesen. Der Hirsch harrte unbeweglich aus, er stand auf dem Autodach wie eine Statue auf ihrem Sockel und hielt seinen edlen Kopf in die Höhe wie zum Zeichen des Triumphs, während die Frau sich ihm vorsichtig mit einem Eimer Wasser näherte.

Ulik beobachtete die Reiter und erkannte in ihren glühenden Blicken die Wut von Jägern, die um ihre Beute gebracht worden waren. Ganz wie es auch bei den Inuit geschehen kann, wenn das schläfrige Walross, das man am Ufer überraschen wollte, plötzlich ein Auge öffnet, die Menschen wahrnimmt und im nächsten Augenblick im Meer untergetaucht ist. Und jetzt spürte Ulik, dass diese Männer trotz ihrer riesigen Pferde, ihres seltsamen Aufputzes und ihrer bizarren Hunde ein bisschen seine Brüder waren.

Das Abendessen auf dem Landgut, von dem aus morgens alle aufgebrochen waren, neigte sich seinem Ende zu, und Ulik spürte deutlich, dass es viele ein bisschen übertrieben hatten mit dem Wein und den übrigen alkoholischen Getränken, die er gerade selbst erst entdeckt hatte.

»Ulik! Ulik! Ulik!«, skandierte die ganze Runde.

Marie-Alix flüsterte ihm zu, dass es Zeit sei für eine kurze Ansprache. Sie war vollkommen nüchtern geblieben und hatte sogar darauf geachtet, dass man ihm nicht allzu oft nachschenkte.

Ulik erhob sich. Ringsherum an den Wänden schienen ihn die vielen ausgestopften Hirschköpfe aus ihren großen tiefen Augen anzuschauen, und er hatte das eigenartige Gefühl, dass manche Tiere ihre langen Hälse ein wenig bewegten, um ihn besser anstarren zu können. Man hatte ihn an die Stirnseite des langen Tisches platziert, und jetzt sah er, wie sich die Blicke aller Anwesenden auf ihn richteten. Die meisten Männer und auch manche Frauen hatten ihre Jagdkleidung anbehalten, wodurch sie aussahen wie eine kleine Armee aus früheren Zeiten, die sich am Abend nach einer gewonnenen Schlacht versammelt hatte.

Beim Aperitif hatte Ulik eine erste Ansprache gehalten, und danach war der Vorstandsvorsitzende zu ihm hinübergekommen, um ihm die Hand zu schütteln, und alle Leute hatten sich um sie beide geschart.

Er war ein groß gewachsener Mann mit schönem silbrigem Haar und einem durchdringenden Blick, und Ulik hatte gedacht, dass er ganz bestimmt ein großer Jäger war, selbst wenn die heutige Jagd schlecht geendet hatte.

»Lieber Ulik«, hatte er gesagt, »Ihre Rede war sehr bewegend. Ich hätte mir gewünscht, eine ebenso gute zu halten, aber ich muss mir meine Grenzen eingestehen.«

Die Leute hatten respektvoll gelacht. Seht nur, wie bescheiden unser Vorstand ist! Er, der Tausende von Menschen führt, vermag gegenüber einem Eskimo, der geradewegs von seiner Eisscholle gekommen ist, Demut zu zeigen! Und Ulik hatte sogleich geantwortet: »Mir hat Ihre Ansprache gut gefallen, Monsieur, und im Übrigen wäre ich ohne Sie nicht hier und hätte die meine gar nicht halten können.«

Es erhob sich ein überrASchtes und anerkennendes Gemurmel. Wie gut dieser Inuk sprach! Wie geistreich er war! Ulik dankte Capitaine Tremblay innerlich für all die Stunden, in denen sie gemeinsam die Fabeln von La Fontaine und *Die Prinzessin von Clèves* gelesen hatten. Der Vorstandsvorsitzende hatte gelächelt, aber in seinen Augen hatte Ulik einen Anflug von Verärgerung ausgemacht. Vielleicht hatte das erste Glas Champagner ihn vergessen lassen, wie man sich einem Häuptling gegenüber verhält, egal, ob er ein Inuk ist, ein Kablunak oder ein Häuptling aus irgendeiner anderen Weltgegend: Niemals durfte man zeigen, dass man ihm in einer Sache überlegen war, und schon gar nicht in der Öffentlichkeit.

Und jetzt stand er an der Stirnseite dieses langen Tisches, denn seine erste Ansprache hatte den Leuten Lust gemacht, gleich noch eine zu hören.

»Liebe Freunde«, begann er.

»Ulik! Ulik! Ulik!«

»Ein wenig Ruhe bitte!«, griff der Vorstandsvorsitzende ein.

Stille breitete sich aus. Ulik erklärte, dass er, statt eine Rede zu halten, lieber von einer Jagd erzählen wolle, schließlich sei hier eine Jagdgesellschaft versammelt.

»Und vielleicht kommen auch Sie eines Tages ins Land der Inuit, und dann wird man hier an der Wand bald einen Eisbärenkopf erblicken!«

Man applaudierte, und Ulik sah, wie Marie-Alix' verliebter Blick auf ihm ruhte.

Dann begann er mit seiner Erzählung.

»… eines Morgens entdecken wir im Schnee die Spuren eines Bären, und wir schicken unsere Hunde los. Sie stürmen vorwärts, genau wie Ihre Hunde, und geraten immer mehr in Fahrt, aber dabei bellen sie nicht, denn ein guter Hund darf dem Bären niemals seine Anwesenheit verraten …«

Alle schauten ihn aufmerksam an; er spürte, wie in ihren Augen ein Traum aufkeimte, während er seine Geschichte fortsetzte. Plötzlich aber, über das Geräusch seiner eigenen Stimme, die im Saal widerhallte, hinweg, vernahm er – denn wer hat ein feineres Gehör als ein Inuk? –, wie der Vorstandsvorsitzende murmelte: »Den brauchen wir unbedingt. Lasst euch was einfallen.«

Ulik gefiel der Ton nicht, schien es ihm doch, dass man über ihn sprach wie über einen begehrten Gegenstand oder ein kostbares Tier. Und er wusste, wie groß unter den Kablunak die Macht der Begierde war. Hier wurde sie nicht gezügelt von den harten Gesetzen des Überlebens wie im Land der Inuit, wo immer geteilt werden musste, damit alle existieren konnten.

»Hier, schau mal!«, flüsterte Marcel und zeigte Ulik zwei undeutliche Spuren auf dem moosbedeckten Boden. »Die sind von heute früh.«

Es war in der Morgendämmerung. Als alle noch schliefen, war er mit Marcel auf Entdeckungsreise gegangen und bekam jetzt das Leben der Hirsche und Hirschkühe erklärt.

Durch den Wald zu streifen war ein außergewöhnliches Erlebnis. Im Land der Inuit gab es keine Bäume. Marcel nannte ihm weiterhin ihre Namen, und inzwischen konnte Ulik bereits mehr als zehn Arten auseinanderhalten. Hier gelang es ihm sehr gut, sich zurechtzufinden, und er fühlte sich viel besser als im Straßengewirr der großen Stadt und auf den Fluren des Hotels.

Marcel erklärte ihm, dass jeder Hirsch mehrere Kühe habe. Er werbe um die jungen Hirschkühe des jeweiligen Jahres, aber seine früheren behalte er ebenfalls. Ein jüngerer Hirsch konnte ihn zum Kampf herausfordern, und falls er gewann, gehörten die Hirschkühe ihm.

Mit einem Mal blieb Marcel stehen. Ulik folgte seinen Blicken und gewahrte hinter dem Buschwerk den großen Hirsch und seine Kühe. Ihre Schnauzen dampften in der kalten Luft, das Fell war noch feucht von der Nacht; sie drehten ihre Köpfe in Richtung der beiden Männer.

Und plötzlich war der Geist des Waldes in Ulik.

Marcel lebte in einem Häuschen am Ende eines Weges. Wie er Ulik erzählte, hatten darin früher seine Eltern gewohnt, aber sein Vater war schon etliche Jahre tot, und seine Mutter beschloss ihr Leben in einem Seniorenheim. Ulik verstand den Sinn dieses Wortes nicht richtig, und Marcel erläuterte ihm, was ein Seniorenheim war. Dabei holte er eine langhalsige Flasche und zwei Gläser aus dem Schrank.

»Ich wohne hier ganz allein, und tagsüber bin ich selten im Haus; ich könnte mich nicht um sie kümmern.«

Ulik glaubte sich verhört zu haben: Die Kablunak steckten ihre Alten zusammen in Häuser, wo es absolut nichts zu tun gab für sie! Sie konnten sich nicht einmal um die Kinder kümmern, ihnen Geschichten erzählen oder den Frauen im Haushalt helfen. Er fragte sich, wie es die Unglücklichen schafften, unter solchen Bedingungen zu überleben.

»Aber wie macht man es bei den Inuit?«, fragte Marcel.

Ulik fühlte sich ein wenig verlegen, denn er ahnte, dass die Traditionen seines Stammes einen Kablunak schockieren konnten, selbst jemanden, der ein solcher Naturbursche war wie Marcel. Wenn sich ein alter Mensch völlig nutzlos fühlte, wenn er im Dorf nichts mehr anfangen und sich bei den Kindern keinen Respekt mehr verschaffen konnte, wartete er die nächste Wanderung seines Stammes ab, und wenn dann alle in einer langen Reihe über das Eisfeld zogen, ließ er sich unmerklich vom Schlitten fallen. Niemand drehte sich nach ihm um, und er erwartete seinen Tod einsam auf dem Eis.

Aber Marcel wirkte weder überrascht noch schockiert.

»Ich glaube, so würde ich auch lieber enden«, meinte er und füllte die beiden kleinen Gläser mit einer klaren, leicht bernsteinfarbenen Flüssigkeit.

Das Getränk war viel stärker als Polar Bear oder überhaupt alles, was Ulik bis dahin getrunken hatte, ein bisschen so, als hätte sich ein zorniger Geist in dieser doch so durchsichtigen Flüssigkeit versteckt. Tränen stiegen ihm in die Augen.

»Er stammt noch aus der Zeit meines Vaters«, sagte Marcel.

Ulik begriff, dass es eine Ehre war, und sagte nichts, als ihm Marcel ein zweites Glas einschenkte.

Das Haus war ziemlich finster, es hatte nur kleine Fensterchen. Alles wirkte altertümlich und, man muss schon sagen, nicht besonders sauber. Es war klar, dass hier keine Frau wohnte. Aber warum nur? Marcel wirkte doch kraftvoll und stark, er hatte das lebendige Auge eines Jägers und gehörte anscheinend auch nicht zu den Männern, die Männer bevorzugten (diese waren hier offenbar häufiger als bei den Inuit).

»Ich interessiere die Frauen nicht«, sagte Marcel. »Sie wollen heutzutage nicht mehr auf dem Land leben.«

Und er erklärte Ulik, dass es die Frauen in die Stadt zog, wo sie in einem Büro arbeiten und in den Läden der breiten, von Menschen wimmelnden Straßen alle möglichen Dinge kaufen konnten.

»Aber ich will eben nicht in der Stadt wohnen«, sagte Marcel.

Das konnte Ulik verstehen. Hier war das wirkliche Leben. Und wer sollte einen Spaziergang in der Morgendämmerung inmitten der erwachenden Natur nicht lieben?

»Es gibt Abende, an denen es hart ist«, sagte Marcel. »Dann gehe ich ins Cheval Blanc.«

Wie Ulik erfuhr, war das Cheval Blanc ein Lokal im benachbarten Dörfchen, und Marcel konnte dort ein paar Freunde aus der Umgebung treffen, ein Gläschen trinken und mit ihnen diskutieren.

Aber trotzdem – wie schaffte man es ohne Frauen?

»Es gibt da etwas«, sagte Marcel. Er erklärte Ulik, dass in einer nicht weit entfernten, etwas größeren Stadt ein kleines Hotel stand, in das man Frauen mitnehmen konnte, die man bezahlte. Aber natürlich hätte er lieber eine eigene Frau gehabt.

»Vielleicht finde ich ja sogar eine«, meinte er.

Und er zeigte Ulik eine Art Zeitschrift, die auf dem Tisch herumlag und in der man Fotos von jeder Menge Frauen fand, die keine Kablunak waren. Sie ähnelten ein wenig den Inuit, kamen aber aus noch weiter entfernten Ländern. Dieses Heft war ein wenig wie die Sendung, die Ulik im Fernsehen verfolgt hatte: Die Frauen, deren Bilder man hier sah, erklärten sich bereit, die Männer zu heiraten, von denen sie ausgesucht worden waren.

»Man hat mir gesagt, dass philippinische Frauen am nettesten sind«, meinte Marcel. »Außerdem sind sie fleißig. Und dann haben wir auch noch dieselbe Religion, das macht die Dinge einfacher.«

Ulik fühlte, was für ein großes Glück es für ihn war, im Land der Kablunak schon eine Frau an seiner Seite zu haben. Er hoffte, Marcel möge eine ebenso freundliche finden.

Durchs Fenster sah Ulik, dass die Sonne aufgegangen war. Es war Zeit, Marie-Alix zu wecken.

»Mein kleines Geschenk des Nordens«, sagte sie, »Sie waren ganz hervorragend.«

»Wann, gerade eben?«

Sie lachte. Er konnte sie gar nicht oft genug lachen hören.

»Aber nein, gestern Abend, mit dem Vorstandsvorsitzenden.«

»Ach, der Vorstandsvorsitzende …«

»Ach, der Vorstandsvorsitzende …«, machte sie ihn nach. »Na sagen Sie bloß – Sie scheinen für unseren großen Häuptling ja nicht gerade Hochachtung zu empfinden!«

»Im Grunde konnte ich ihm gegenüber so unbefangen sein, weil er gerade diese misslungene Jagd hinter sich hatte. Ich fühlte mich einfach als der bessere Jäger.«

»Die Männer sind wirklich überall gleich«, sagte Marie-Alix, stand mit einem Satz auf und hüllte sich ins Betttuch, um ins Bad zu gehen.

Er hatte schon bemerkt, dass es sie genierte, sich nackt zu zeigen, obwohl er nicht müde wurde, sie anzuschauen und jeden Tag andere entzückende Ansichten entdeckte. Sie kannten sich erst so kurze Zeit … Sie war wie ein neuer Landstrich, den er jeden Abend und jeden Morgen erkunden ging.

Als er hörte, wie sie im Bad das Wasser anstellte, stand er auf und ging in die Küche. Er hatte Hunger.

Thomas saß vor einer Schüssel Cornflakes und studierte eine Zeitschrift, in der es von schematischen Darstellungen wimmelte – offensichtlich ging es um die Flugbahn eines Kometen. Juliette stand am Kühlschrank und untersuchte dessen Inhalt; den einen ihrer schlanken nackten Füße hatte sie auf den anderen gestellt, um ihn vor der Kälte des Fliesenbodens zu schützen. Es wirkte allerdings wie eine rituelle Pose, mit deren Hilfe sie ihre morgendliche Nahrung besser auswählen konnte. Keiner der beiden hatte Uliks Gegenwart bemerkt.

Er fühlte sich verlegen, denn es war gewiss nicht üblich, dass ihre Mutter nach ihnen aufstand, und zumindest Juliette musste den Grund dafür begriffen haben.

»Guten Morgen«, sagte er.

Thomas hob den Kopf und lächelte.

»Guten Morgen, Ulik!«

Dann vertiefte er sich wieder in seine Lektüre.

Juliette warf Ulik einen kurzen Blick über die Schulter zu, schnappte sich einen Becher Quark und huschte mit ihrer Beute zur Tür.

»Juliette, wollen Sie mir nicht Guten Morgen sagen?«

»Morgen«, murmelte sie.

Dann war sie verschwunden. Er zögerte einen Augenblick, aber dann folgte er ihr durch den Flur bis vor ihr Zimmer. Juliette hörte ihn nicht näher kommen, und als sie gemeinsam an der Zimmertür anlangten, erschrak sie.

»In meinem Zimmer möchte ich meine Ruhe haben!«

Ihr Blick glühte vor Zorn. Ulik machte einen Schritt zurück.

»Natürlich … Entschuldigen Sie.«

Aber er wich nur ein Stückchen zurück. Und auch ihr

war es unangenehm, einfach ins Zimmer zu gehen und ihm die Tür vor der Nase zuzuschlagen.

»Juliette …«, begann er.

»Ja, was denn?«, seufzte sie gereizt.

»Ich habe den Eindruck, dass … dass Sie mich nicht mögen. Die Gründe dafür kann ich mir ausmalen, aber weil ich nicht von hier komme, bin ich sicher, dass ich nicht alles begreife.«

Sie verharrte unbeweglich, und er wandte beim Sprechen nicht den Blick von ihr ab. Er hatte das Gefühl, sich ganz vorsichtig einem Tier zu nähern, das bei der kleinsten falschen Bewegung weglaufen würde.

»… ich möchte einfach, dass alle zufrieden sind. Und es ist schwierig … und schmerzhaft, wenn ich fühle, dass Sie mich nicht mögen, dass Sie böse auf mich sind. Und Sie haben einen bestimmten Grund, mir böse zu sein, nicht wahr?«

Sie stieß einen kleinen Seufzer aus, in dem er Verachtung mitschwingen fühlte.

»Exakt. Ich bin sauer auf Sie.«

»Aber weshalb?«

»Ich bin sauer, weil … weil Sie meine Mutter ausnutzen …«

Er sah, wie ihr Tränen in die Augen stiegen.

»… ich bin sauer, weil Sie ihre Schwäche ausnutzen!«

Ihr Mund verkrampfte sich wie bei jemandem, der gleich zu weinen beginnt; sie drehte sich um und verschwand in ihrem Zimmer. Ulik ging nachdenklich in die Küche zurück.

Er nutzte ihre Mutter aus? Wollte sie damit sagen, dass er ohne Gegenleistung von ihrer Gastfreundschaft profitierte? Dass er ein Faulenzer war, der sich unter ihrem Dach bequem einrichtete? Der Gedanke ließ ihn mitten auf dem Flur innehalten, denn dies war eine der schlimmsten Sünden, die man im Land der Inuit begehen konnte – die Anstrengungen der Gruppe auszunutzen, ohne einen eigenen Beitrag zu leisten.

Beinahe wäre er wieder umgekehrt, um ihr zu erklären, dass er kein Schmarotzer sei, dass er gar nicht auf ihr Dach und ihre Schlafstatt angewiesen sei, weil er noch immer ein sehr schönes Hotelzimmer habe, in das er sich nach Belieben sehr hübsche Frauen kommen lassen konnte (sein Vorrat an Pelzmützen und Narwalzähnen war längst noch nicht aufgebraucht). Aber als er vor der Zimmertür angelangt war, verharrte er von Neuem. Er war nicht sicher, ob seine Erklärungen Juliette zufriedenstellen würden. Er spürte, dass im Zorn dieses jungen Mädchens noch etwas lag, das ihm bisher entgangen war.

Er kam in die Küche zurück. Marie-Alix hatte sich über Thomas' Zeitschrift gebeugt und hörte sich seine Ausführungen zur Ausdehnung der Galaxien an. Im Teekessel brodelte das Wasser.

Erschrocken über eine plötzliche Entdeckung, blieb Ulik stehen. Er spürte, dass er sich mit dieser groß gewachsenen Frau, die sich über ihren Sohn beugte, verbunden fühlte, mit diesem kleinen traurigen Jungen, der lächelte, wenn er Ulik sah, mit seiner Schwester, die er gerade zum Weinen gebracht hatte. Er fühlte sich mit ihnen verbunden, mit ihrem nächtlichen Atmen, mit dieser unaufgeräumten Küche, diesen Familienfotos, diesem Zimmer mit den zerknitterten Laken, mit dem Geräusch ihrer Stimmen. Und war er nicht in der Nacht noch davon aufgewacht, wie tief in seinem Innern das

Heimweh brannte? Dabei wusste er, dass es nicht so sehr der Wunsch war, das Land der Inuit wiederzusehen, als vielmehr das schreckliche Begehren, Navaranava fest an sich zu drücken. Aber an diesem Morgen, in der Küche, fühlte er sich zum ersten Mal, seit er ein Waisenkind geworden war, einer Familie zugehörig.

Als Thomas' Klavierstunde vorüber war, hatte Thibault Ulik vorgeschlagen, gemeinsam ein Gläschen trinken zu gehen.

Bald darauf saßen sie im Café an der Straßenecke, einem jener Orte, die Ulik lieben gelernt hatte. Egal wohin man in Paris ging, man konnte immer kurz einen Kaffee trinken, um sich etwas zu erholen. Selbst wenn man dort niemanden kannte, wurde man bedient. Auf einen Mann, der es gewohnt war, seine Wege nach den Nahrungsvorräten zu bemessen, die weit voneinander entfernt im Schnee vergraben waren, wirkten die Cafés wie eine wunderbare Erfindung, ein Geschenk der Kablunak-Götter. Schade war nur, dass Thibault anscheinend nichts als Tee trank, und so beschloss Ulik, es ebenso zu halten, denn Wein zu bestellen, traute er sich nicht.

Weil ihm die Sache Sorgen bereitete, erzählte er Thibault sofort von seinem Gespräch mit Juliette.

»Ich kann einfach nicht begreifen, weshalb sie mir böse ist.«

»Ach, wissen Sie, vielleicht weiß sie das selbst nicht. Schließlich ist sie schon eine Frau …«

Ulik war überrascht, denn Thibault hatte das so ausgesprochen, als hätte er an eine andere Frau gedacht, die auf ihn selbst böse war.

»Na ja, ich übertreibe«, fügte Thibault hinzu. »Nein, ich glaube, es macht Juliette Angst, dass Sie … dass Sie ihrer Mutter so nahestehen.«

Ulik entgegnete darauf nichts. Was wusste Thibault von den Beziehungen zwischen ihm und Marie-Alix?

»Keine Sorge«, sagte Thibault, »Thomas hat es mir erzählt, und als ich Sie letztens mit Marie-Alix im Flur sah, war es auch ziemlich offensichtlich, dass Sie einander sehr mögen.«

»Aber warum macht das Juliette zornig auf mich?«

»Ach, so etwas habe ich schon oft erlebt. Ich glaube, dass Kinder schnell eifersüchtig werden, wenn sie sehen, dass ihr Vater oder ihre Mutter sich in einen anderen Menschen verliebt. Vielleicht fühlt sie sich von ihrer Mutter ein wenig im Stich gelassen?«

Ulik überlegte. Er war überrascht, dass er Thibaults Worte so schlicht und einleuchtend fand. Weshalb war er nicht von selbst darauf gekommen? Aber er sagte sich auch, dass es doch immer so war. Wenn man die Bewegungen des besten Jägers beobachtet, scheinen sie immer ganz einfach zu sein – bis man merkt, dass man eben nicht imstande ist, sie ohne Weiteres nachzumachen.

»Einverstanden, aber warum verkleidet sie das alles mit der Geschichte, ich würde ihre Mutter ausnutzen und so weiter …«

»Das ist nur eine Abwehrreaktion. Juliette will sich nicht eingestehen, dass sie Angst hat, von ihrer Mutter verlassen zu werden; damit würde sie doch auch zugeben, dass sie noch ein Kind ist, das alleine nicht zurechtkommt. Und so verwandelt sie diese inakzeptable Emotion in eine, mit der es sich besser leben lässt – in den Hass gegen Sie. Aber weil sie ein vernünftiges Mädchen ist, braucht sie auch einen Vorwand: Sie sind eben ein Schmarotzer, und das erlaubt ihr, Sie ganz nach Lust und Laune zu hassen.«

Ulik dachte nach. Er merkte, dass er sich mit diesem neuen Begriff der »Abwehrreaktion« eine Menge Dinge erklären konnte.

»Das ist ein bisschen so, als wenn eine hübsche Frau viele Männer interessiert«, sagte er. »Die anderen Frauen werden dann tausend Makel an ihr finden, aber keine wird zugeben, dass sie einfach nur eifersüchtig ist oder darunter leidet, sich weniger schön zu finden.«

»Exakt!«, sagte Thibault. »Genau so ist es.«

Um Thibault nach seiner Meinung zu fragen, hatte ihm Ulik den Entwurf des Interviews für die große Frauenzeitschrift mitgebracht, das die Blondine an Marie-Alix geschickt hatte. Thibault las es aufmerksam durch, und von Zeit zu Zeit lächelte er.

»Mir gefällt deine Schlussfolgerung«, sagte er (denn nach zwei Gläsern Tee waren sie zum Du übergegangen). »*Machen Sie den Männern Lust darauf, Sie zu beschützen.* Aber dafür ist es inzwischen ein bisschen spät …«

»Warum?«

»Weil die Mädchen heutzutage ein wenig wie Jungen erzogen werden: Man ermutigt sie, sich selbst zu helfen, was sie im Übrigen sehr gut können.«

»Und die Männer haben also keine Lust mehr, sie zu beschützen?«

»Jedenfalls nicht mehr so wie früher. Die Frauen wirken heute so stark … Und sie können uns so wehtun«, seufzte Thibault.

Von Neuem spürte Ulik, dass er an eine ganz spezielle Frau dachte. Vorsichtig fragte er: »Und hast du viele Frauen gehabt?«

Thibault lächelte.

»Ach, so viele nicht. Ich bin eher ein Gefühlsmensch.«

»Aber dann müssen dich die Frauen doch lieben!«

»Am Anfang schon«, sagte Thibault. »Ich sehe ganz passabel aus und bin Pianist, das ist der Stoff für Träume … Aber bald merken die Frauen, dass das Leben eines Pianisten nicht so leicht ist und dass ich nicht unbedingt ein dominanter Typ bin …«

In diesem Augenblick klingelte Thibaults Handy.

»Entschuldige«, sagte er. »Noch so etwas, auf das die Inuit klugerweise verzichten können.«

Kaum hatte sich der Anrufer gemeldet, sah Thibault zornig aus.

»Aber du hattest mir gesagt, du wärst einverstanden!«

Ulik konnte eine Frauenstimme ausmachen. Thibault hörte ihr ziemlich lange zu, und schließlich sagte er: »Aber mir hätte es Freude bereitet, dich heute Abend zu sehen …«

Die Frau erwiderte einen kurzen Satz, und Ulik kam es vor, als hätte Thibault gerade einen Schlag einstecken müssen.

»Na schön«, meinte er, »ich … ich habe verstanden … Ich nehme an, ich habe es selbst herausgefordert.«

Die Frau redete weiter, offenbar in sanfterem Ton. Thibault unterbrach sie: »Weißt du, ich möchte jetzt nicht weiter darüber sprechen. Ich verstehe sehr gut, was du mir sagen willst, ich glaube, das genügt.«

Die Frau fügte noch ein paar Worte hinzu und verstummte schließlich.

»Ich finde es schade, dass du es mir am Telefon mitteilst«, sagte Thibault, »aber ich nehme an, vorher habe ich es überhört.«

Die Frau entgegnete darauf nichts.

»Auf Wiedersehen«, sagte Thibault. »Ich wünsche dir Glück.«

Es waren freundliche Worte, aber Ulik sah, dass Thibault sie mit Bitterkeit aussprach. Schließlich schob er das Handy wieder in die Tasche.

Sein Blick löste sich einige Sekunden lang nicht von der Teetasse; sein Geist war bei dieser Frau geblieben, und man konnte deutlich erkennen, dass er litt.

Er schaute Ulik an und redete weiter: »Nun, das passt ja genau zum Thema unseres Gesprächs von vorhin. Eine einsame Frau mehr, ein einsamer Mann mehr. Aber sie scheint es leichter wegzustecken als ich.« Und mit diesen Worten trank er die letzten Schlucke Tee aus.

Zwar war Ulik eigentlich gekommen, um sich bei Thibault Hilfe und guten Rat zu holen, aber nun begriff er, dass er selbst Hilfe leisten musste.

»Es ist schon ganz schön spät«, sagte er. »Wollen wir nicht etwas Richtiges trinken gehen?«

Thibault hatte nie zuvor Polar Bear getrunken, aber er wollte gern mal einen probieren. Und Ulik war ziemlich stolz, wieder in der Bar des Hotel Ritz zu sein und den Kellnern zeigen zu können, dass er sich jetzt richtig wohlfühlte und noch dazu einen so interessanten Freund wie Thibault mitbrachte.

Sie hatten sich an denselben Tisch gesetzt, an dem es ihm beim letzten Mal so schlecht gegangen war. Was für Fortschritte hatte er seitdem doch im Kennenlernen der Welt der Kablunak gemacht!

Dennoch hütete sich Ulik, seine Zufriedenheit zu deutlich zu zeigen, denn er sah, dass Thibault mit melancholischer Miene an seinem Cocktail nippte. An einem Nachbartisch tranken drei Japaner (andere als beim letzten Mal) und ließen dabei kleine erstickte Lacher hören; es schien Ulik, dass sie gegenüber Thibault und ihm selbst schon einen ordentlichen Vorsprung hatten. Davon abgesehen war die Bar sehr still, und plötzlich merkte Ulik, dass der Raum ungefähr die Ausmaße eines großen Iglus hatte. Das milde Halbdunkel, das gedämpfte Licht trugen vielleicht zu diesem Eindruck bei, und es erklärte, weshalb er sich hier wohler fühlte als anderswo.

Aber jetzt war es an der Zeit, Thibault aufzumuntern. Gleichzeitig wollte Ulik ihn jedoch nicht verärgern, indem er zu viel Mitgefühl zeigte. Für Mitgefühl oder Trost hatten die Inuit das Wort *naklik*, und es war ganz normal, dass Frauen oder Kinder *naklik* empfangen durften, ohne sich dafür zu schämen, wohingegen ein richtiger Mann niemals zeigen sollte, dass er *naklik* nötig hatte, außer im Falle eines großen Unglücks, das alle Welt nachvollziehen konnte, etwa wenn ein Kind gestorben oder ein Hundeschlittengespann verloren gegangen war. Er sagte sich, dass dies Thibault vielleicht interessieren und ein wenig von seinen finsteren Sorgen ablenken konnte.

»Weißt du, was *naklik* ist?«

»Nein. Ist es einer von euren Bräuchen?«

Ulik erklärte es ihm, und Thibault hörte interessiert zu. Am Ende lächelte er.

»Das ist ja lustig«, sagte er. »Jetzt wird mir klar, dass viele Leute zum Psychiater gehen, weil sie *naklik* suchen.«

»Aber weshalb gehen die Leute zu diesen Psychiatern? Haben sie denn keine Freunde, die ihnen Trost spenden und gute Ratschläge geben können?«

»Ähm … Ja, doch, manchmal haben sie jemanden, aber sie können sich nicht immer an ihn wenden. Man hat Angst, seine Mitmenschen zu behelligen oder zu deutlich seine Schwächen zu zeigen. Viele Menschen kommen nach Paris und kennen fast niemanden hier; sie sind zu schüchtern, um viele Bekanntschaften zu schließen, und so sitzen sie abends allein in ihren Wohnungen … Und wenn man dann anfängt, sich traurig zu fühlen, wird es schlimmer und schlimmer«, fügte Thibault hinzu und trank den letzten Schluck seines Polar Bear.

»Aber wie konnte es so weit kommen mit eurer Gesellschaft?«, fragte Ulik.

Thibault lächelte.

»Ich bin nicht sicher, ob ich es selbst begreife. Aber es gibt verschiedene Ursachen. Unsere … unsere Bräuche haben sich innerhalb eines Jahrhunderts sehr verändert. Früher lebten alle auf dem Land oder jedenfalls fast alle, und ich glaube, dieses Leben unterschied sich nicht so sehr von dem in deinem Stamm.«

»Waren Männer und Frauen damals glücklicher miteinander?«

»Schwer zu sagen. Aber heute würde sowieso niemand mehr bereit sein, solch ein Leben zu führen, vor allem die Frauen nicht. Sie haben gelernt, vom Leben etwas anderes zu erwarten.«

Der Kellner kam vorbei und fragte, ob sie noch etwas zu trinken wünschten.

»Zwei Sea Breeze«, sagte Thibault. »Das wirst du bestimmt mögen, Ulik.«

Und er hatte recht. Beim ersten Schluck war Ulik, als würde er sanft gestreichelt von einer erfrischenden Kühle, die einen so funkelnd und heiter werden ließ wie ein Gletscher bei Sonnenaufgang.

»Also, was wollen die Frauen heute?«

Thibault lachte.

»Das ist ja das Problem. Ich habe darauf noch keine Antwort gefunden.«

Er hörte zu reden auf und trank ziemlich rasch die Hälfte seines Sea Breeze.

»Im Land der Inuit wollen sie, dass man sie vor den Härten des Lebens beschützt«, sagte Ulik. »Man soll gut genug jagen können, um die Familie zu ernähren und zu kleiden. Man soll zeigen, dass man ein Mann ist, indem man sich von den anderen Jägern nicht demütigen lässt. Und noch besser ist es natürlich, wenn man gern miteinander Liebe macht.«

»Und wie würde für dich eine ideale Frau aussehen?«

»Sie müsste couragiert sein und eine gute Mutter, sie müsste gute Laune haben und natürlich auch gern Liebe machen.«

Thibault dachte nach.

»Ihr habt eine Art Tauschsystem entwickelt. Ich glaube, unseres ist uns abhandengekommen, und ein neues haben wir noch nicht gefunden.«

Er trank die andere Hälfte seines Cocktails und redete weiter, aber so, als würde er zu sich selbst sprechen.

»Und auf mich trifft das zuallererst zu …«

In diesem Augenblick kamen zwei hübsche junge Frauen herein und setzten sich an die Bar. Ulik erkannte Jacinthe und ihre Freundin. Er schaute auf Thibault und sagte sich, dass es ihm vielleicht guttun würde, Bekanntschaft mit ihnen zu schließen.

»Klavier habe ich auch mal gespielt«, sagte Jacinthe, »aber ich bin nicht gerade weit gekommen.«

Und dann warfen Thibault und Jacinthe einander die Namen von Musikstücken zu, und Ulik war ein bisschen eifersüchtig. Es war, als redeten sie in einer eigenen Sprache, die er nicht verstand.

»Ich habe immer davon geträumt, Klavier zu spielen«, meinte Géraldine, »aber meine Eltern hatten nicht das nötige Kleingeld.«

Sie war die Freundin von Jacinthe, und man hätte sie für Schwestern halten können, mal davon abgesehen, dass Jacinthe dunkelhaarig war – wenngleich nicht so wie eine Inuit-Frau –, während Géraldine blonde Haare hatte und dieselbe Art von Haut wie Marie-Alix, aber ihre Haare waren dennoch heller, fast von der Farbe des Fells ganz junger Rentiere, bevor sie sich dunkel färben.

Zu Beginn hatte Thibault ziemlich schüchtern gewirkt. »Nein, Ulik, nicht«, hatte er ihm sogar zugeflüstert, als Ulik die beiden Frauen an den Tisch gewinkt hatte, »das sind doch …« Aber es war zu spät, denn sobald Jacinthe Ulik erkannt hatte, hatte sie ihre Freundin am Arm berührt, und sie waren augenblicklich von ihren Barhockern gestiegen, um sich zu Ulik und Thibault zu setzen.

Weil Jacinthe und Géraldine sich sehr für Musik zu interessieren schienen, war Thibaults Verlegenheit rasch verflogen (vielleicht hatte ihm auch der Sea Breeze dabei geholfen), und er hatte wieder sein etwas melancholisches Lächeln auf den Lippen. Ulik beteiligte sich nicht an der Unterhaltung. Zunächst einmal dachte er, dass es Thibault von seinen Sorgen ablenken würde, wenn er mit den jungen Frauen sprach. Und wenn Ulik diese beiden schönen Kablunak-Frauen so ganz aus der Nähe sah, mit ihrem reizenden Lächeln, begann er zu verstehen, was die Männer hierzulande durchmachten: Wie sollte man sich bei all diesen ungebundenen Frauen mit einer einzigen begnügen, wie konnte man jener treu bleiben, die einem gehörte? Marie-Alix' Bild erschien unscharf vor seinen Augen, doch er versuchte es zu vertreiben.

»Ihr Schmuck ist außergewöhnlich schön«, sagte Thibault zu Jacinthe, als er ihren Anhänger bemerkte. Die in einen Narwalzahn geschnitzte Silhouette einer Frau schaukelte hin und her, wo Jacinthes Brüste ansetzten.

Sie lächelte, fuhr mit der Hand über ihren Schmuck und warf Ulik einen Blick zu. In Thibaults Augen blitzte es auf, weil er begriffen hatte.

Alle vier bestellten noch einmal Sea Breeze, und die Unterhaltung lief in freundlichem Einvernehmen weiter. Ulik spürte, dass sich die beiden jungen Frauen für Thibaults Erzählungen interessierten, und fast hätte er wieder eifersüchtig werden können, wenn Jacinthe nicht von Zeit zu Zeit ein Lächeln in seine Richtung geschickt hätte, welches zeigte, dass sie ihn in guter Erinnerung behalten hatte. Er bemerkte auch, dass Géraldine Thibault ziemlich oft anschaute, und es wurde ihm klar, dass Thibault, der wie ein trauriger Prinz wirkte, auf Kablunak-Frauen offenbar einen verführerischen Eindruck machte.

Schließlich war es Géraldine, die darauf hinwies, dass es spät war und man noch nicht zu Abend gegessen hatte.

»Room-Service!«, rief Ulik.

Dies war eines der Mittel, die er gefunden hatte, um die Einsamkeit der ersten Tage erträglich zu gestalten: Wenn man sich das Abendessen aufs Zimmer bringen ließ, kam einen wenigstens jemand besuchen, wenn diese Person auch nur so lange blieb, wie sie brauchte, um den Rollwagen abzuräumen und von den dampfenden Speisen mit einer raschen Bewegung die Hauben abzuheben.

Dann fanden sie sich alle vier in Uliks Zimmer wieder, und man brachte ihnen Krabbensalat, Scholle, Weißwein und Eis. Ulik fühlte sich glücklich und stolz, diese Begegnung arrangiert zu haben. Es war deutlich zu sehen, dass Thibault seine Sorgen beinahe vergessen hatte, auch wenn in manchen Augenblicken eine Welle von Traurigkeit über seine Augen schwappte und ihn für einige Sekunden ganz still machte.

Ulik fühlte, dass er Jacinthe kaum noch aus den Augen lassen konnte, während sie mit Thibault sprach und ihm dabei verschwörerische Blicke zuwarf. Als sie ihr Eis aufgegessen hatte, fragte sie Thibault, ob es möglich sei, dass man sich von einem Liebeskummer nie wieder erholte.

»Warum fragen Sie mich das?«, entgegnete Thibault.

Jacinthe lächelte.

»Es ist meinetwegen«, sagte Géraldine. »Sie macht sich Sorgen um mich.«

»Oh, im allgemeinen gewinnt das Leben wieder die Oberhand, nicht wahr?«

Jacinthe und Géraldine blickten einander in die Augen.

Thibault schaute auf die Uhr.

»Tut mir leid, aber ich sehe gerade, dass es schon spät ist; ich sollte jetzt nach Hause fahren.«

»Sie wollen uns doch nicht schon verlassen«, sagte Géraldine, stand auf und nahm ihn beim Arm.

Ulik spürte, dass Thibault gern mit Géraldine zusammengeblieben wäre, aber dass ein anderer Teil seiner Person es ihm verbot. Es war ein bisschen so, als wenn man auf die Frau eines anderen Jägers scharf ist und sieht, dass sie zurücklächelt, und am Ende erlaubt man sich doch nicht, weiter zu gehen.

Weil er meinte, dass Thibault Hilfe brauchte, stand Ulik auf und nahm Jacinthe beim Arm.

»Nein«, sagte er, »wir beide werden euch verlassen.«

»Aber … Aber Ulik …«, sagte Thibault.

»Ich überlasse euch das Zimmer«, sagte Ulik und zog Jacinthe in Richtung Tür.

Und kurz bevor die Tür sich schloss, erhaschte er einen letzten Blick auf Thibault, der Géraldine verlegen anschaute, während sie lachte und ihm die Arme um den Hals schlang.

Unten an der Rezeption bat er Jacinthe, schnell in seinem Zimmer anzurufen und ihrer Freundin zu sagen, dass sie von Thibault kein Geld nehmen solle: Auch sie könne sich ein Geschenk aus dem Land der Inuit aussuchen.

»Das Schönste ist, dass ich vergesse, wer ich bin, wenn ich mit dir zusammen bin. Weil auch du es vergisst. Oder vielleicht, weil du darüber kaum etwas weißt«, sagte Jacinthe.

Da erzählte Ulik ihr die Geschichte von den Besuchen der Inuit-Frauen auf den Walfangschiffen. Jacinthe schaute erstaunt drein und fragte: »Aber was denken ihre Männer darüber?«

»Kommt ganz auf den Mann an. Manche verbieten ihren Frauen absolut, auf die Schiffe zu gehen, aber andere denken daran, was die Frau alles an nützlichen Sachen für den Stamm mitbringen könnte.«

»Also wirklich, Makrelen gibt's scheinbar überall!«

Diese Bemerkung verwunderte ihn, und Jacinthe musste Ulik erklären, dass im Französischen »Makrele« und »Zuhälter« ein und dasselbe Wort sind.

»Und du, hast du auch so eine ›Makrele‹?«, fragte er schließlich.

»Warum? Interessiert dich das etwa?«

Sie blickte ihn lächelnd an und hatte dabei etwas Schalkhaftes, das ihn amüsierte und zugleich ärgerte.

»Ich glaube, ich würde ihm nicht gern begegnen.«

»Sei unbesorgt, das kann auch gar nicht passieren!«

Sie erzählte ihm, dass sie für eine Organisation arbeitete, die Geschäftsleuten oder großen Kablunak-Häuptlingen eine Begleiterin vermittelte, die ihnen Gesellschaft leistete. Jacinthe musste dieser Organisation etwas von ihrem Geld abgeben.

»Aber das ist partnerschaftlich«, sagte sie. »Außerdem hindert es mich nicht daran, auf eigene Faust Kunden zu suchen. Auf diese Art konnte ich mir all das leisten.«

Jacinthes Wohnung unterschied sich sehr von Marie-Alix' Zuhause. Sie war sehr modern, mit einem Fußbodenbelag, der beinahe so weiß war wie das Fell des Nanook, und an den Wänden hingen keine Familienfotos, sondern Bilder, die zwar nichts Bestimmtes darstellten, aber trotzdem interessant anzuschauen waren. Zwei davon zogen seine Aufmerksamkeit besonders an. Durch eine Art scharlachroten Nebel sah man auf ihnen undeutlich die Silhouette von Jacinthe.

»Das ist von meinem ersten *boyfriend*. Er war Maler.«

Und sie erklärte ihm, wie sie zu ihrem Beruf gekommen war.

»Wir lebten zusammen, und ich habe an ihn geglaubt. Aber unser Leben war hart, er hatte Mühe, was zu verkaufen – er mochte es nicht, über seine Arbeit zu sprechen, und wusste nicht, was er mit den Leuten anfangen sollte, die sich für seine Malerei interessierten. Und so habe ich auf Künstlergattin gemacht, immer liebenswürdig, lächelnd und gut drauf.«

Und als Ulik sie so daliegen sah, nackt und mit der Gewandtheit eines sehr hübschen Fischotters, konnte er sich gut vorstellen, wie sie diese Rolle gespielt hatte.

»Aber dann kam der Moment, wo es einfach nicht so weiterging. Du kannst dir nicht vorstellen, was es heißt, in einer Stadt wie Paris kein Geld zu haben. Am Ende ernährten wir uns nur noch auf Abendessen, zu denen wir eingeladen waren, aber wir schafften es, weiterhin *bella figura* zu machen.«

Jacinthe schlug das Betttuch über ihren Körper und zog es bis zum Kinn hoch, als wäre ihr kalt geworden. Als sie weitersprach, schaute sie an die Decke.

»Wir trafen regelmäßig einen sehr reichen Mann, der zeitgenössische Kunst sammelte. Er liebte Kunst, das stimmt schon, aber ich glaube, noch mehr liebte er es, einen Hofstaat von beflissenen Künstlern um sich zu scharen, sie berühmt zu machen und sich dann damit zu schmeicheln, mit ihnen befreundet zu sein. Als er begann, sich für Jeans Malerei zu interessieren, glaubte ich, dass es die Chance unseres Lebens war. Aber dann begriff ich schnell, dass er sich noch mehr für mich interessierte, und sah, wie der Handel funktionierte.«

Sie verstummte. Ihre Stimmung hatte sich verwandelt, ganz wie das Packeis seine Farbe ändert, wenn eine Wolke die Sonne verdeckt.

»Na ja, und das war mein erster Einsatz. Glaubst du, das ist eine schöne Geschichte?«

»Es war ein Liebesbeweis. Man macht jemandem, den man sehr mag, ein Geschenk«, antwortete er nach kurzer Überlegung.

»Ah ja, so kann man es vielleicht sagen. Das Problem ist bloß, ob man diesen Menschen hinterher immer noch lieben kann.«

Jacinthe drehte sich auf den Bauch und sprach aus solcher Nähe zu Ulik, dass er den goldenen Flimmer in ihren Augen erkennen konnte.

»Ich hätte ihn vielleicht immer noch lieben können, wenn er davon nichts mitbekommen hätte. Aber er hat begriffen, was los war, und mich trotzdem zu diesem

Mann gehen lassen. Und so hörte ich auf, ihn zu lieben. Gleichzeitig entdeckte ich, was Geld wirklich bedeutete. Und willst du wissen, was am schrecklichsten war?«

»Ich bin nicht sicher.«

»Am schrecklichsten war, dass ich anfing, den anderen zu lieben. Er war ein Angeber und ein Egoist; aber was seltsam war, er schaffte es immer, dass alles sich um ihn drehte, und diese Kraft, die er hatte, zog mich an. Das ist eben das Traurige: Manchmal verliebt man sich in die Kraft so eines Typen und muss den ganzen Kerl dazunehmen. Man hofft ja, dass er sich ändern wird, aber das passiert natürlich nie.«

Und Ulik dachte an Kuristivocq, den Angeber, und richtete sich im Bett auf. Er musste unbedingt schnell zurück in sein Land!

»Na schön, und nach dieser Geschichte hatte ich erst mal einen ziemlichen Kater in Sachen Liebe.«

»Aber weshalb bist du mit keinem von ihnen zusammengeblieben?«

»Ach, Eheleben und alles das, ich glaube, so was halte ich gar nicht aus.«

Das verstand Ulik, aber trotzdem dachte er, dass es ein schwieriger Job sein musste, wenn man seinen Körper Männern anbot, die man eine Stunde zuvor noch gar nicht gekannt hatte. Jacinthe erklärte ihm, dass so etwas bei ihr fast niemals mehr vorkam.

»An dem Abend, als wir uns begegnet sind, habe ich nicht gearbeitet. Ich wollte nur ein wenig mit meiner Freundin schwatzen. Aber als wir hinausgingen, hörte ich den Barmann über dein Problem reden. Das war eine gute Gelegenheit … und du warst mir schon in der

Bar aufgefallen, und ich habe mir gesagt, dass du bestimmt ein sympathischer Kunde wärst. Weil ich meinen Kunden anscheinend sehr gefalle, wollen sie mich meistens wiedersehen, also ist es schließlich so weit gekommen, dass ich nur noch Stammkunden hatte oder Leute, die auf Empfehlung von Stammkunden kamen, was fast aufs selbe hinausläuft. Manche zahlen nur dafür, damit ich mich bereithalte, wenn sie anrufen, und außerdem kriege ich Geschenke. Mein Leben hat nichts gemein mit dem dieser armen Mädchen, die auf der Straße rumstehen. Die gehen durch die Hölle. Man kann schon sagen, ich habe Glück gehabt!«

Dann umarmte sie Ulik und zog ihn an sich.

»Mein schöner Inuit«, sagte sie, »und wenn wir all diese Geschichten jetzt mal ein wenig vergessen?«

Nach dem Bild von Marie-Alix musste Ulik jetzt das von Navaranava für ein Weilchen verblassen lassen. Das Leben eines Mannes war einigermaßen kompliziert im Land der Kablunak.

In der Wohnung war es ganz still. Die Kinder waren in die Schule gegangen. Dann vernahm Ulik Stimmen aus dem Wohnzimmer. Die von Marie-Alix und eine Männerstimme. Er spürte Zorn in sich aufsteigen und merkte von Neuem, dass diese Wohnung sein Zuhause geworden war.

»Ich sehe wirklich nicht, was du an der Art, wie ich lebe, auszusetzen haben dürftest«, sagte Marie-Alix.

»Die Kinder sind davon betroffen«, antwortete der Mann. »Es sind auch meine Kinder.«

»Ulik ist freundlich zu ihnen. Und er kümmert sich wenigstens um Thomas!«

Marie-Alix saß auf dem Sofa und trug noch ihren Morgenmantel, während ein Mann in grauem Anzug mit ihr redete und dabei nervös durchs Zimmer schritt. Als sie Ulik auf der Türschwelle stehen sahen, verstummten sie beide.

»Aber …«, sagte der Mann, »aber …«

Er war ein wenig älter als Marie-Alix, wahrscheinlich im Alter des Vorstandsvorsitzenden, dem er auch ähnelte, außer dass er noch kein weißes Haar hatte – sicher dank derselben Wissenschaft, die Florence und so viele andere Kablunak nutzten. Jetzt wirkte er völlig verblüfft.

»Meine Güte, der ist ja noch grün hinter den Ohren«, entfuhr es ihm.

»Hör mal, ich glaube, solche Bemerkungen solltest

ausgerechnet du nicht machen«, sagte Marie-Alix und stand schnell auf.

»Guten Tag, Monsieur«, sagte Ulik.

Wie konnte dieser Mann so verrückt sein, die Begrüßungsrituale nicht zu beachten? Spürte er denn die Gefahren dieser Begegnung nicht?

»Äh, ja … Guten Tag, Ulik.«

Sie reichten einander die Hand. Ulik drückte gerade so stark zu, dass der andere merkte, wie sinnlos ein Kampf wäre.

Aber der Besucher schien nicht zu Gewalttaten geneigt. Eher wirkte er verlegen, als hätte ihn das Leben nicht vorbereitet auf Situationen wie die, einen jungen Inuk-Jäger in dem Raum anzutreffen, der einmal sein Wohnzimmer gewesen war.

Marie-Alix erhob sich.

»Gut, vielleicht könntet ihr euch etwas bekannt machen. Ich gehe mich inzwischen anziehen. Ulik, wir haben nachher gleich einen wichtigen Termin.«

Die beiden Männer blieben einer dem andern gegenüber stehen, und Ulik fragte sich, wie man das Gespräch beginnen sollte. Charles warf ihm immer wieder kurze Blicke zu, als könne er gar nicht glauben, was er da vor sich sah.

»Thomas ist ein … ein guter kleiner Junge«, sagte Ulik schließlich.

»Wie bitte? Ähm, ja, das ist wahr. Aber er bereitet uns Sorgen.«

»Ich weiß. Ich habe mich schon mit Thibault darüber unterhalten.«

»Ah, sehr gut. Das ist ein sehr guter Lehrer.«

»Ganz sicher. Ich fand ihn richtig sympathisch.«

Und so machten sie noch eine Weile weiter. Ulik sagte sich, dass es im Land der Inuit genauso lief. Wenn man einem Mann von einem anderen Stamm begegnete und nicht wusste, welche Absichten er hegte, sprach man zuerst über all die Dinge, über die man einer Meinung sein konnte: das Wetter, die Jagdausbeute, die Qualität der Hunde. Aber es war dort einfacher, man hatte mehr gemeinsame Gesprächsthemen.

»Und werden Sie lange hierbleiben?«, erkundigte sich Charles.

»Ach, ich weiß es noch nicht«, sagte Ulik.

Er hätte beinahe geantwortet: »Nein, ich möchte so bald wie möglich zurück«, aber dann hatte er gedacht, dass es unhöflich gewesen wäre, mit diesem Mann darüber zu reden, ehe er das Thema Marie-Alix gegen-über zur Sprache gebracht hatte. Und gerade in diesem Augenblick kam sie auch wieder ins Zimmer, sehr adrett in einem Kostüm, das dieselbe Farbe hatte wie der Anzug ihres Mannes oder jedenfalls fast.

»Ich sehe mit Vergnügen, dass ihr euch nicht geschla-gen habt.«

»Wie gemein«, sagte Charles, und sie reichten sich zum Abschied die Hand. Charles stolperte über die Türschwelle.

Später im Auto wagte Ulik nicht viel zu sagen, und es war Marie-Alix, die das Thema anschnitt: »Ich frage Sie nicht, wo Sie die Nacht verbracht haben.«

Und sie warf ihm einen schmalen, spitzen Blick zu.

»Ich war im Hotel.«

»Ach wirklich?«

»Ja, ich hätte Ihnen Bescheid sagen sollen. Ich … ich wollte ein bisschen … allein sein.«

»Das kann ich gut verstehen. Aber ich habe mir Sorgen gemacht.«

»Es tut mir leid, ich hätte es Ihnen sagen sollen.«

»Das Seltsame daran ist, dass ich Sie anrufen wollte und man mich mit Ihrem Zimmer verbunden hat.«

»Wahrscheinlich habe ich geschlafen und das Klingeln nicht gehört.«

»Allerdings hat jemand anders abgenommen.«

»Ach wirklich?«

»Bravo, Sie haben schnell gelernt, ›Ach wirklich?‹ zu sagen, es hört sich sehr schick an.«

Er spürte die Ironie in ihrer Stimme. Dann sagte sie nichts mehr. Er begann fieberhaft nachzudenken. Wer hatte den Hörer abgenommen? Géraldine oder Thibault? Und wenn es der Klavierlehrer gewesen war, hatte Marie-Alix seine Stimme erkannt? Nein, es musste Géraldine gewesen sein; sie war ans Telefon gegangen, weil sie einen Anruf von Jacinthe erwartete.

»Es ist lustig, dass alle Männer dasselbe Gesicht machen, wenn sie eine Ausrede erfinden«, sagte Marie-Alix.

»Bestimmt hat man Sie mit einem anderen Zimmer verbunden, es war einfach ein Irrtum.«

»Nein, bestimmt nicht, ich habe noch einmal angerufen. Beim ersten Mal hörte ich eine Frauenstimme, eine ganz reizende übrigens. Und beim zweiten Mal war es wieder sie, aber im Hintergrund konnte man auch eine Männerstimme hören.«

»Es ist unmöglich, dass ich das war«, meinte Ulik.

Er konnte sich noch auf die Version versteifen, dass man sich zweimal im Zimmer geirrt hatte.

»Marie-Alix, man hat Sie bestimmt aufs falsche Zimmer durchgestellt.«

»Es war wirklich nicht Ihre Stimme. Es war eine junge Frau, die mich zuerst Jacinthe nannte und mir dann sagte, dass Sie im Augenblick nicht da wären und ich eine Nachricht hinterlassen könnte. Ich habe aber nichts ausrichten lassen. Und dann habe ich die Stimme eines Mannes gehört, der wissen wollte, ob Ulik dran sei … und ich glaube … ich glaube, es war Thibaults Stimme.«

Wie konnte man sich schnell eine Geschichte zusammenbasteln, die plausibel klang? Vielleicht war Thibault zusammen mit einer Freundin zu Besuch aufs Hotelzimmer gekommen?

»Ich bitte Sie«, sagte Marie-Alix. »Machen Sie nicht schon wieder dieses Gesicht, und vor allem sagen Sie nichts. Überhaupt hatte mein Mann vielleicht recht, und Sie sind im Grunde noch ein Junge.«

Das hatte sie gesagt, um ihn zu verletzen, aber er sah, dass sie selbst Tränen in den Augen hatte.

»Marie-Alix …«

Er wollte ihr die Hand auf den Arm legen, aber sie wies seine Berührung schroff zurück und machte dabei mit dem Auto einen Schlenker. Hinter ihnen setzte ein Hupkonzert ein.

»O verdammt, ich benehme mich wie eine Idiotin«, murmelte sie.

Und sie wischte sich mit dem Handrücken die Tränen vom Gesicht, wobei sie den Verkehr aber immer im Auge behielt.

Wegen all dieser Komplikationen wollte er gern mit Thibault sprechen. Ulik erinnerte sich, dass der Pianist ihm gesagt hatte, er würde an jenem Abend in der Bar eines großen Hotels spielen, eines Hotels, das Ulik nicht kannte.

Das Taxi setzte ihn vor dem Eingang ab, er betrat das Foyer voller Selbstsicherheit, jetzt hatte er ja schon Übung darin, und dann ging er einfach der Musik nach. Thibault spielte in einem großen Salon mit roten Wänden; er hatte sich über das Piano gebeugt und lauschte aufmerksam den Tönen, während neben ihm ein anderer Musiker ein Saiteninstrument spielte, das er zwischen seinen Beinen hielt.

Die Musik unterschied sich sehr von jener, die Thibault mit Thomas spielte, und Ulik fand den Zusammenklang der beiden Instrumente berührend.

Leider beobachtete er aber auch, dass die Leute in der Bar sich unterhielten und tranken, ohne wirklich zuzuhören. Er hätte Lust gehabt, einen Urschrei auszustoßen, um sie zur Ordnung zu rufen und ihnen klarzumachen, dass sie auf die schöne Musik achten sollten, aber er spürte, dass es nicht so richtig passend gewesen wäre und er Thibault und seinen Kollegen nur in Verlegenheit gebracht hätte. Der andere Musiker war kleiner und gedrungener; er hatte schöne rosige Wangen und sehr lebhafte blaue Augen, und er hielt sein Instrument zärtlich zwischen den Beinen. Als sie zu Ende gespielt und einige Leute glücklicherweise applaudiert hatten, schlugen sie Ulik vor, gemeinsam essen zu gehen.

Zu dritt verließen sie das Hotel, und bald saßen sie in einem kleinen Restaurant an der Ecke einer ganz ruhigen Straße. Die Besucher sahen alle wie Stammgäste aus.

»Ein Hoch auf unseren Freund aus dem hohen Norden!«, sagte Jean-Robert und erhob sein Glas.

Ulik hätte Thibault lieber allein getroffen, um ihn fragen zu können, ob der Abend mit Géraldine gut gelaufen war, aber andererseits war ihm Jean-Robert mit seiner fröhlichen Art und seinen rosigen Wangen auch sehr sympathisch. Anders als der stets nachdenkliche und ein wenig traurige Thibault war Jean-Robert keinen Moment um einen Scherz verlegen. Er schien die Fähigkeit zu haben, das Leben von der amüsanten Seite zu nehmen.

»Uff«, sagte Jean-Robert, »wenn wir nichts als die Frauen hätten … Aber zum Glück gibt es ja auch noch Freunde! Auf die Freundschaft!«

Ulik erklärte, dass man im Land der Inuit seine Freunde ständig sah, denn man wählte sie sich zu Jagdgefährten.

»Dafür würde ich gern zum Inuk werden«, sagte Jean-Robert.

»Und würdest du dann auch immer derselben Frau treu bleiben wollen?«, fragte Thibault mit einem Lächeln um den Mund.

»Wer weiß«, meinte Jean-Robert.

Jetzt lachte Thibault. »Wenn du unsere Welt verstehen willst«, sagte er zu Ulik, »dann hast du hier ein gutes Anschauungsobjekt. Jean-Robert lebt allein, obwohl er wirklich längst das heiratsfähige Alter erreicht hat.«

»Aber ich war schon einmal verheiratet«, sagte Jean-Robert, »ich habe sogar einen Sohn.«

»Ja, aber inzwischen hättest du längst wieder heiraten können.«

»Genau wie du … Ach, entschuldige.«

Ein Schatten von Traurigkeit huschte über Thibaults Gesicht. Man konnte deutlich erkennen, dass die Frau, mit der er unlängst am Telefon gesprochen hatte, nicht zurückgekommen war und dass Jean-Robert es wusste.

Ulik erinnerte sich an Marcel, der auf dem Lande lebte und den keine Frau wollte, aber wie sollte man es sich erklären, dass zwei Männer, die in einer großen Stadt wohnten und beide gute Spezialisierungen gewählt hatten, unverheiratet bleiben konnten?

»Mir hat jenes eine Mal wirklich gereicht«, meinte Jean-Robert. »Ich brauchte zwei Jahre, um nach der Scheidung wieder auf die Beine zu kommen. Zwischenzeitlich glaubte ich sogar, ich würde meinen Sohn nie mehr sehen können.«

Aber weshalb hatten sich Jean-Robert und seine Frau scheiden lassen?

»Das habe ich noch immer nicht begriffen«, sagte Jean-Robert. »Ich finde, ich war ein guter Ehemann.«

»Du bist ein richtig guter Freund, Jean-Robert, aber ich weiß nicht, ob du auch ein richtig guter Ehemann warst.«

»Na schön, ich habe zu viel gearbeitet, aber einen Versager hätte sie genauso nicht gewollt. Und dann haben wir damals auch ziemlich gut gelebt, ich war viel unterwegs im Ausland, ich habe gar nicht schlecht verdient.«

»Ich glaube, es war nicht bloß wegen der vielen Konzerte.«

»Einverstanden, aber von dem Übrigen wusste sie ja nichts, und das waren auch niemals ernsthafte Geschichten.«

»Frauen spüren so etwas«, entgegnete Thibault.

»Mag ja sein. Aber sie hat mir auch vorgeworfen, ich wäre nicht genug zu Hause. Gleichzeitig hatte sie nichts gegen unseren Lebensstandard, und der kam immerhin zustande, weil ich wie ein Verrückter arbeitete.«

Die Serviererin brachte, was Thibault für Ulik bestellt hatte: Schwertfisch mit zartem Gemüse. Sie war dermaßen hübsch, dass er eine Weile brauchte, ehe er anfangen konnte zu essen. Der Fisch war gerade richtig gegart und schmeckte köstlich.

»Ich glaube, Jean-Roberts Geschichte ist ein gutes Beispiel.«

»Danke, Thibault, ich wusste schon immer, dass ich ein gutes Beispiel bin.«

»Ich wollte sagen, dass man ein paar Frustrationen in Kauf nehmen muss, wenn man möchte, dass eine Ehe hält. Für manchen Mann ist es vielleicht enttäuschend, treu sein zu müssen, und ich gebe zu, dass es in einer Stadt wie Paris nicht gerade leicht ist«, sagte Thibault und warf ebenfalls einen Blick auf die Serviererin.

»Und für die Frauen?«, wollte Ulik wissen.

»Nun ja, heute gibt es nicht mehr die süße kleine Gemahlin, die zu Hause auf die Rückkehr ihres Supermanns wartet und ihn dann verwöhnt, sondern eine Frau, die zu spät und schlecht gelaunt nach Hause kommt, weil sie Probleme im Büro hatte. Man muss viele Kompromisse eingehen, sich absprechen, den Alltag organisieren …«

»Im Land der Inuit weiß jeder, was er zu tun hat.«

»Aber genau das hat sich hier geändert. Und außerdem haben wir es verlernt, uns mit Kompromissen zufriedenzugeben. Verglichen mit früheren Generationen sind wir richtige verwöhnte Kinder.«

»Das hat meine Mutter auch immer gesagt«, stimmte Jean-Robert zu.

»Tatsächlich hat man uns so erzogen«, fuhr Thibault lebhaft fort, »dass wir auf die kleinen und großen Frustrationen, die mit einer festen Beziehung verbunden sind, nicht vorbereitet wurden.«

»Meinst du wirklich?«, fragte Jean-Robert.

»Klar, zum Beispiel ist die leidenschaftliche Liebe total aufgewertet worden.«

»Du meinst, wir erliegen alle der Idee der Amour fou, des Nicht-voneinander-lassen-Könnens, der gegenseitigen sexuellen Anziehungskraft?«

»Wenn du es so nennen willst … Aber jeder weiß doch, dass die Liebe nicht ewig nach diesem Prinzip funktionieren kann.«

»Das ist leider wahr«, meinte Jean-Robert; er goss sich Wein nach und füllte auch Uliks Glas von Neuem.

»Und dann werden wir sehr früh ans Alleinsein gewöhnt. Die meisten jungen Leute ziehen bei ihren Eltern aus und leben ein paar Jahre allein. Sie nehmen die Gewohnheiten eines ungebundenen Lebens an; sie machen, was sie wollen und wann sie es wollen, und hinterher fällt es ihnen umso schwerer, die Kompromisse eines Lebens zu zweit zu ertragen.«

»Ach«, sagte Jean-Robert, »es macht aber auch solchen Spaß, auszugehen, wann immer man möchte. Oder zu frühstücken, ohne reden zu müssen …«

»Siehst du, viele Frauen würden das Gleiche sagen. Und wenn man Kinder hat, gilt das alles erst recht. Um ein Kind muss man sich Tag für Tag kümmern, und auch dabei muss man fähig sein, Enttäuschungen wegzustecken und sich Zwängen zu unterwerfen, man darf den eigenen Bauchnabel nicht zum Zentrum der Welt machen – kurz und gut, man muss Opfer bringen. Und dazu sind wir immer weniger imstande.«

Ulik begann es zu begreifen: In der Gesellschaft der Kablunak war die Freiheit jedes Einzelnen ein hoher Wert, und so ertrugen viele Männer und Frauen den Freiheitsverlust, der mit dem Heiraten oder Kinderkriegen verbunden war, nicht mehr. Also hörten die Leute auf zu heiraten oder trennten sich bald wieder, und nur noch wenige wünschten sich Kinder. Vielleicht würden sie eines Tages ein ebenso kleines Häufchen werden wie die Inuit?

»Aber es gibt auch welche, die lange zusammenbleiben?«, fragte er.

»Ja, natürlich«, sagte Thibault.

Sie mussten beide zugeben, dass es noch immer glücklich verheiratete Menschen gab, die ihre Wochenenden zusammen mit den Kindern verbrachten und diese vielleicht auch darauf vorbereiteten, später ein glückliches Eheleben zu führen.

»Vielleicht sind das die neuen Helden unserer Gesellschaft«, sagte Thibault.

»Auch ich habe schon Bekanntschaft geschlossen mit verheirateten Frauen, die ziemlich glücklich waren«, sagte Jean-Robert mit breitem Grinsen.

»Du bist unausstehlich«, befand Thibault.

Worauf die schöne Serviererin ein Dessert brachte, das aussah wie eine kleine wabbelige Eisscholle.

»*Panna cotta*«, verkündete Thibault.

Schon wieder neue Genüsse! Als Ulik sah, wie viel Spaß es machte, mit Thibault und seinem Freund unterwegs zu sein, sagte er sich, dass er sich eines Tages vielleicht schrecklich zurücksehnen würde ins Land der Kablunak.

»Marie-Alix, ich bin wohl nicht mehr Ihr kleines Geschenk des Nordens?«

»So einfach ist das nicht …«

»Jedenfalls sind Sie noch immer mein großes Geschenk des Südens.«

»Ich habe den Eindruck, Sie haben auch andere Geschenke angenommen.«

Sie drehte ihm den Rücken zu, als wollte sie ihm zeigen, dass ihre Intimität bloß ein Zwischenspiel gewesen war, das nun ein Ende hatte. Sie hatte einen hübschen bleichen Rücken, an dem die beiden Schulterblätter hervortraten wie zwei kleine Flügel, die noch nicht herausgewachsen waren.

Er zögerte. Sollte er ihr alles erzählen oder es lieber in diesem Nebel belassen? Auf diese Frage wusste er keine Antwort, denn im Land der Inuit war es praktisch unmöglich, etwas zu verheimlichen. Wenn man dort eine Affäre mit der Frau eines Mannes hat, der gerade zur Jagd ausgezogen ist, wird ihm das natürlich jemand hinterbringen, sobald er wieder zurück ist. Deshalb ist es besser, wenn man sich mit ihm arrangiert, damit er einem seine Frau ausleiht – unter der Bedingung, dass er sich auf gleiche Weise revanchieren kann, wenn man selbst einmal das Lager verlässt. Wenn man niemanden zum Verleihen hat, bietet man zum Tausch ein Stück Wild an oder tut etwas für den anderen. Als Ulik auf der Redaktionssitzung der großen Zeitschrift davon berichtet hatte, waren die Frauen sichtbar schockiert gewesen, aber dennoch hatten sie versucht, sich nichts anmerken zu lassen. Dabei entschieden in Uliks Land manchmal die Frauen selbst über einen solchen Tauschhandel, denn auch sie verspürten das Bedürfnis nach Abwechslung. Aber Ulik hatte nicht gewagt, in Gegenwart dieser Frauen, die er nicht kannte, noch länger darüber zu sprechen, selbst wenn ihm bereits aufgefallen war, dass es im Land der Kablunak nicht immer als unschicklich galt. In seinem Stamm jedenfalls war es so gewesen, dass ihm zwei Jäger ihre Frauen ausgeliehen hatten und es hinterher nie wieder jemand tun mochte. Das hatte ihn über seine Fähigkeiten als Liebhaber nachgrübeln lassen: War er derart kläglich gewesen, dass sich die Frauen untereinander verständigt hatten und ihn keine mehr an sich heranlassen wollte, oder war er im Gegenteil so großartig, dass es den Männern zu Ohren gekommen war und sie nun beschlossen hatten, ihm keine Frau mehr zu leihen? Wenn er an die Reaktionen von Marie-Alix und Jacinthe dachte, durfte er eher zu Letzterem neigen.

»Woran denken Sie gerade?«, fragte Marie-Alix.

»An das Land der Inuit.«

Sie drehte sich zu ihm hin. Es genügte schon, dass er traurig wirkte oder von Heimweh geplagt, damit sie wieder zu ihm zurückfand.

Auch einer Frau konnte es gefallen, den geliebten Mann zu beschützen.

»Und was denken Sie über das Land der Inuit?«

Der Glanz ihrer Zähne zwischen den rosigen Lippen, ihr blauer Blick, der in seine Augen eintauchte.

»Ich fühle mich ganz zerrissen.«

»Zerrissen?«

Er sah, wie auf ihrer Stirn eine Falte erschien, ein Zeichen der Macht, die er über sie hatte.

»Mir geht es hier gut«, sagte er und hob seinen Arm, als wollte er mit dieser Geste gleichzeitig Marie-Alix und das Zimmer umschreiben und die Kinder, die am anderen Ende der Wohnung noch schliefen.

»Und trotzdem wollen Sie ins Land der Inuit zurück.«

»Ja, denn es ist mein Land. Der Wind …«, begann er.

Aber es war ein bisschen schwer zu erklären: der Gesang des Windes an einem Frühlingsmorgen, wenn er die krachenden Geräusche aus der Eisbank herüberträgt und man mit der Gewissheit aufsteht, am Ufer ein paar dösende Seehunde vorzufinden.

Und dann natürlich Navaranava. Aber auch dies war ein heikles Thema.

»Sagen Sie mal, Ulik, diese sehr hübsche Inuk, die man am Ende der Reportage sah, kennen Sie die gut?«

Sie waren wirklich überall auf der Welt gleich!

»Ja. Im Land der Inuit kennt jeder jeden.«

»Ist sie verheiratet?«

»Nein.«

»Vielleicht hat sie aber geheiratet, seit Sie fort sind?«

»Nein!«

Sein ganzer Körper hatte sich gespannt, und er fühlte sein Herz schneller schlagen.

Marie-Alix stützte sich auf den Ellenbogen, um ihn besser betrachten zu können.

»Mein kleines Geschenk des Nordens … Das Leben ist ganz schön kompliziert, nicht wahr?«

Und sie legte ihre Lippen auf die seinen.

Als Thomas auf dem Sessel saß, berührten seine Füße nicht einmal den Boden. Nachdem sein Vater ausgezogen war, hatte der kleine Junge darauf bestanden, sich in dem Raum einzurichten, der ihm als Arbeitszimmer gedient hatte, und auch die Möbel hatten an ihrem Platz bleiben müssen. Ulik hatte sich Thomas gegenüber hingesetzt.

»Gut, Thomas«, meinte Ulik, »wir nehmen unsere Übung wieder auf.«

»Die Griechen stellten sich die Frage, ob die Erde flach oder rund sei. Manche dachten, sie sei rund, und einer von ihnen, Eratosthenes, fragte sich, wie man ihren Umfang berechnen könne. Er hatte bemerkt, dass die Sonne in seiner Stadt am Tag der Sonnenwende zur Mittagszeit genau senkrecht in einen Brunnen schien … Äh, jetzt?«

»Bravo. Sogar schon ein bisschen früher.«

»Wann denn?«

»Als du ›Eratosthenes‹ gesagt hast.«

»Aber das mit Eratosthenes ist interessant!«

Thomas hatte plötzlich Tränen in den Augen.

»Natürlich, Thomas, aber wir machen doch bloß eine Übung.«

Diese Übung fand jetzt schon den sechsten Tag in Folge statt. Thomas musste Ulik etwas über ein Thema erzählen, das ihm am Herzen lag, und beim Reden musste er auf Uliks Gesicht achten, um darauf das erste

Anzeichen von Langeweile oder Desinteresse auszu-
machen. Die Übung war von einer Therapeutin entwickelt worden, zu der Thomas eine Zeit lang gegangen
war. Sie wollte dem kleinen Jungen beibringen, auf-
merksamer auf die anderen zu achten, damit er sich
besser an einem Gespräch beteiligen konnte. Aber dann
war es, wie Marie-Alix erzählt hatte, nicht so gut gelaufen, denn Thomas hatte es nicht besonders interessiert,
was diese Therapeutin sagte. Und so hatten ihre Übungen vor sich hin geschlummert, bis Marie-Alix Ulik
darauf angesprochen hatte. Er war der einzige Mensch,
den Thomas so wichtig fand, dass er den Wechsel in seinem Mienenspiel beobachtete.

»Eratosthenes interessiert mich«, sagte Ulik noch
einmal, »aber hier handelt es sich doch nur um eine
Übung.«

»Na gut«, meinte Thomas und schniefte, »du hast
recht.«

Er schaute Ulik an und begann wieder zu erzählen.

»In Alexandria hingegen sah man am selben Tag und
zur selben Stunde Schatten am Fuße der Säulen … Die
Sonnenstrahlen, die an beiden Orten einfielen, standen
natürlich parallel zueinander, also schloss Eratosthenes
daraus, dass die von der Erdoberfläche ausgehenden
Senkrechten nicht parallel sein konnten … Jetzt!«

»Ja, bravo.«

»Ich habe gesehen, wie du dich zu langweilen begonnen hast.«

»Prima, Thomas, das war schwer zu erkennen, ich
habe bloß meinen Blick ein bisschen verändert.«

»Gut, darf ich jetzt weitermachen?«

»Klar.«

»… wenn die Senkrechten an beiden Orten schräg zueinander standen, lag das einfach daran, dass die Erde
rund war, also …«

Ulik behielt Thomas unaufhörlich im Blick, aber
plötzlich schien es ihm, als hätte sich in einem Winkel
des Zimmers, gleich neben der Tür, etwas bewegt. Er
schaute nicht hin, wusste jedoch, dass Juliette gerade
eingetreten war. Bestimmt meinte sie, er könne sie nicht
sehen, doch wer wie Ulik in einem Land lebte, in dem
man von einem sich völlig geräuschlos nähernden Bären angegriffen werden konnte, lernte eben, sein Ge-
sichtsfeld zu weiten.

»Jetzt!«, rief Thomas.

Diesmal hatte Thomas bemerkt, wie Ulik wirklich
abgelenkt gewesen war. Ein exzellenter Fortschritt!

»Bravo, Thomas.«

Ulik spürte noch immer Juliettes Gegenwart; reglos
und ohne ein Wort hielt sie sich im Hintergrund.

»Und jetzt bist du dran«, sagte Thomas. »Du erzählst
mir eine Geschichte, und wenn ich nicht mehr aufpasse,
dann hörst du auf.«

»Es war einmal ein stolzer Inuk, der aus seiner Heimat fortgegangen war, weit in die Ferne …«

»Ist das eine neue Geschichte?«

»Ja, ich habe sie mir gerade ausgedacht.«

»Gut, mach weiter.«

»Also, es war einmal ein Inuk, der weit weg in die
Fremde gegangen war. Er war in einem großen hohlen
Vogel fortgeflogen und fand sich plötzlich im Land der
Kablunak wieder. Jeden Morgen frühstückte er in einer
richtigen Kablunak-Familie. Und nach und nach wurde
diese Familie für ihn auch so etwas wie eine Heimat …«

135

Er hörte, wie die Dielen hinter ihm leise knarrten.

»Zum Frühstück gab es normalerweise Toastbrot oder Weißbrot, das nicht getoastet war, aber auch das Weißbrot konnte man toasten, vorausgesetzt, man schnitt es in ziemlich dünne Scheiben. Jetzt?«

»Ja«, sagte Thomas, »diese Brotgeschichten sind doch echt langweilig! Ich höre lieber Geschichten aus dem Land der Inuit.«

»Zum Beispiel?«

»Eine Geschichte mit Walrossen.«

»Gut ... Die Leute von hier glauben, die Inuit würden mit ihren Kajaks auf Walrossjagd gehen, aber das zeigt bloß, dass sie niemals gesehen haben, welche Wellen ein Walross von einer Tonne Gewicht macht, wenn es untertaucht.«

»Eine Tonne! So viel wiegt ein großes, schweres Pferd«, sagte Thomas, »ein Boulogner oder ein Percheronpferd. Die größten von ihnen können fast einen Meter achtzig Widerristhöhe erreichen!«

»Thomas?«

»Ach ja, stimmt, es ist deine Geschichte.«

Dies war ein anderer Bestandteil der Übung: Man musste Thomas beibringen, dass er die anderen nicht unterbrach.

Hinter Ulik hatte sich Juliette nicht gerührt.

Kleiner Otter, dachte er, ich habe dich gefangen.

Sie fuhren schon wieder zu einem Termin, diesmal im Westen der Stadt. Sie erreichten einen riesigen Platz, auf dem die Autos aus allen Richtungen zusammenströmten, und von Neuem beobachtete er, wie Marie-Alix ihren kleinen Wagen mit einer verblüffenden Virtuosität steuerte – ganz wie ein Jäger, der seinen Kajak durch die Eisschollen lenkt. Sie hatte sich einen ziemlich kurzen Rock angezogen, der ihre herrlichen Beine sichtbar werden ließ. Warum mussten sich die Frauen hier in Paris ausgerechnet immer das anziehen, womit sie die Männer am meisten durcheinanderbringen konnten? Und welches Ziel mochten sie damit verfolgen, wo sie doch gelernt hatten, ohne Mann auszukommen? Ihr Körper scheint etwas anderes zu sagen als ihr Verstand, dachte Ulik.

Als sie in eine ruhigere Avenue eingebogen waren, beschloss er, Marie-Alix danach zu fragen: »Da gibt es etwas, das ich nicht verstehe.«

»Was denn, lieber Ulik?«

Tagsüber nannte sie ihn nicht »mein kleines Geschenk des Nordens«, sondern »lieber Ulik«, und das mit einer Spur von Distanziertheit seit jener Nacht, als er anderswo geschlafen hatte.

»Warum haben Sie nicht wieder geheiratet?«

»Das ist eine gute Frage«, sagte Marie-Alix und lachte.

»Ich habe schon begriffen«, sagte Ulik, »dass ein Mann hier nicht mit zwei Frauen leben kann oder besser, dass die Frauen so etwas nicht akzeptieren. Thibault hat es mir erklärt.«

»An jenem Abend im Ritz?«

»Nein, im Café.«

Er biss sich beinahe auf die Zunge: Gerade hatte er eingestanden, dass Thibault im Ritz gewesen war…

»Na, da werde ich ihn wohl auch um ein paar Erklärungen bitten müssen«, sagte Marie-Alix und runzelte die Stirn.

Das sollte lieber vermieden werden! Ulik beschloss, ihr alles zu erzählen. Immerhin hatte er Jacinthe schon kennengelernt, ehe er der Liebhaber von Marie-Alix wurde, und somit war er ihr nicht wirklich untreu geworden. Aber eben hatte Marie-Alix begonnen zu erklären, weshalb sie nicht wieder geheiratet hatte.

»Das Problem ist«, sagte sie, »dass sich nicht so sehr viele Männer für mich interessieren. Diejenigen, die mein Alter haben, sind schon verheiratet oder haben sich scheiden lassen wegen einer Frau, die fünfzehn Jahre jünger ist als ich. Ich könnte mir natürlich einen älteren Mann suchen, aber ich bin nicht so empfänglich für den Reiz von grau melierten Herren. Außerdem jagen auch die lieber den ganz jungen Dingern nach. In meiner Umgebung jedenfalls …«

»Warum gerade in Ihrer Umgebung?«

»Weil sie einen guten sozialen Status haben, und da sieht man schon mal darüber hinweg, dass sie ein bisschen zu alt sind. Wenn ein fünfzigjähriger Buchhalter jungen Mädchen nachrennt, ist er einfach ein widerlicher alter Sack, aber wenn ein wichtiger Mann ein Verhältnis mit einer Studentin hat, ist es eine wundervolle Liebesgeschichte, und das Foto der Frischvermählten wird durch alle Zeitschriften wandern. Tolles Gefühl für seine erste Ehefrau!«

Das musste eine der Frustrationen des Ehelebens sein, welche die Kablunak-Männer nicht mehr verkraffteten – treu bleiben zu müssen und nicht den jungen Dingern nachzurennen. Natürlich kam es auch bei den Inuit vor, dass ein guter Jäger eine Frau nahm, die jünger war als er, aber im Allgemeinen passierte das nur, wenn er die erste durch Krankheit oder im Kindbett verloren hatte. Und in dem Alter, in dem die alten Kablunak aus Marie-Alix' Land noch dem jungen Volk nachrannten, waren die meisten Inuit ohnehin schon gestorben.

»Ich sage ja nicht, dass der seltene Diamant nicht vielleicht doch existiert«, meinte Marie-Alix. »Ein Mann meines Alters oder ein bisschen älter, der sich ohne allzu viele Komplikationen hat scheiden lassen und mit dem ich mich gut verstehe … Und der treu ist«, fügte sie in einem leicht bissigen Ton hinzu.

»Warten Sie … ich wollte Ihnen das sowieso erklären.«

Und er erzählte ihr von dem Abend im Hotel.

Sie konnte es kaum fassen. Sie fuhr langsamer und blieb auf der rechten Fahrspur, um ihm besser zuhören zu können. Andere Fahrzeuge dröhnten an ihnen vorbei.

»Wollen Sie sagen, dass Sie Thibault mit diesen beiden Frauen losgeschickt haben?«

»Nein, nur mit einer. Aber zuerst wollte er nicht.«

»Aber dann hat er sie bei sich behalten?«

Ulik bereute es schon, mit der Geschichte angefangen zu haben. Er war ja gern bereit, Dinge zu enthüllen, die ihn selbst betrafen, aber es ärgerte ihn, Thibault mit hineinzuziehen.

»Ja. Er brauchte *naklik*, verstehen Sie …«

Sie hatte das Wort verstanden – Trost, Mitgefühl –, es war derselbe Begriff wie bei den Uktu vom Black River, wo sie geforscht hatte.

»*Naklik!* Aber natürlich, das erklärt anscheinend alles!«

Er sah, wie sie versuchte, eine entrüstete Miene aufzusetzen, und sich doch ein Lächeln nicht verkneifen konnte.

»*Naklik*«, sagte sie, »also wirklich …«

Als sie plötzlich zu lachen anfing und dabei den Wagen wieder in die Verkehrsfluten lenkte, sagte er sich, dass er sie liebte.

»Liebe Freunde, im Laufe des heutigen Tages haben Ihnen verschiedene Mitarbeiter unseres Konzerns alle Fortschritte und Erfolge, die wir in diesem Jahr trotz der angespannten Konjunkturlage erringen konnten, noch einmal ins Gedächtnis gerufen …«

Der Saal ähnelte einem gewaltigen Iglu aus Glas und fasste mehrere Hundert Personen, die auf blauen Plastikstühlchen saßen. Riesige Bildschirme zeigten Florence in Nahaufnahme, wie sie gerade in ein Mikrofon sprach. Manchmal blitzten ihre Ohrringe auf, kleine Fünkchen im Licht der Projektoren, als wollten sie ihre Worte besonders unterstreichen. An einem Tisch, der so lang war wie ein kleiner Wal, saß der Vorstandsvorsitzende, umgeben von ein paar rangniederen Häuptlingen.

Obwohl Marie-Alix nicht anwesend war (sie hatte zu einem anderen Termin fahren müssen), schaffte es Ulik diesmal, sich nicht zu langweilen. Vor Florence' Ansprache waren Filme über die Bohrungen in afrikanischen oder asiatischen Urwäldern gezeigt worden, Unterwasseraufnahmen von verschiedenen Ozeanen, durch welche der Konzern riesige Rohre legte, Felder, auf denen Hunderte von Pumpen rhythmisch auf und nieder wippten, um das Öl aus den Tiefen der Erde hinaufzubefördern, Plattformen, die wie auf gewaltigen Stelzen im Meer standen, Schiffe so groß wie Inseln, die durchs Wasser schossen und eine Welle auslösten, neben der man besser nicht im Kajak sitzen sollte, und all das war höchst interessant für einen Inuk, der noch nicht viel herumgereist war. Plötzlich erschien am Horizont eines unbekannten Meeres eine Kette von Bergen, die so geheimnisvoll aus dem Wasser aufzutauchen schienen wie die reglosen Buckel einer Gruppe von Walen. Dann fand man sich inmitten dieser Berge wieder, auf ihren von dichter Vegetation bedeckten Hängen, die direkt ins ruhige Meer glitten wie große Eisberge, die wieder zum Leben erwacht waren. Ulik war beeindruckt von der Schönheit dieser Gegend.

»… und schließlich die Bucht von Along«, fuhr Florence fort, »mit der wir Sie an die Bedeutung unserer Projekte in Vietnam erinnern möchten. Aber jetzt würde ich Ihnen gern jemanden vorstellen, der sein Volk repräsentiert und auch ein Zeuge dafür ist, welche Anstrengungen unser Konzern in Sachen Umweltschutz unternimmt.«

Applaus brandete auf, während Ulik zu den Leuten trat, die um den großen Tisch herum saßen.

»Nehmen Sie doch bitte Platz, mein lieber Ulik«, sagte der Vorstandsvorsitzende und wies auf einen Stuhl zu seiner Seite, den ein nicht ganz so wichtiger Häuptling hatte frei machen müssen.

Ulik erblickte sein eigenes Gesicht auf dem Riesenbildschirm, und der Vorstandsvorsitzende begann währenddessen eine andere Ansprache, in welcher er von ihrer ersten Begegnung erzählte, ohne dabei jedoch die Hetzjagd, die ihr vorausgegangen war, auch nur zu erwähnen.

»Ich wollte gern, dass Ulik heute zu uns spricht, weil ich glaube, dass wir einiges von ihm lernen können.

Wenn man bei minus vierzig Grad überleben muss und keine anderen Ressourcen hat als das, was man aus seiner Umgebung bezieht, dann kann man das nicht allein schaffen. Man ist von seiner Gruppe abhängig – hier würden wir sagen, vom Team –, und genau darüber würde ich von Ulik gern etwas hören. Denn bei ihm ist es wie bei uns: Ein gutes Team gewinnt.«

Von Neuem gab es Applaus. Ulik hatte begriffen, dass die Formel »Ein gutes Team gewinnt« so etwas wie ein Gebet war, das in diesem Konzern hoch im Kurs stand, und dass diese Worte sogar Beifallsstürme auslösten, wenn ein großer Häuptling sie aussprach. Wie konnten Leute, die in der Lage waren, so komplizierte Gegenstände zu konstruieren wie ihre riesigen Schiffe, wegen solch einer banalen Selbstverständlichkeit Beifall klatschen? Das war ihm ein Rätsel, und er würde Marie-Alix später bitten, es aufzulösen.

Aber jetzt musste er ihnen erst einmal von der Jagd und ihren Regeln erzählen.

Selbstbewusst setzte er an: »An unserer Jagd nehmen alle teil und jeder kennt seine Aufgabe. Wenn Sie einen Seehund jagen und darauf warten, dass er an die Wasseroberfläche kommt, dann müssen sich andere Jäger zur Ablösung bereithalten, denn man kann in dieser Kälte nicht lange reglos verharren. Wenn Sie von einem Boot aus jagen, gibt es immer welche, die rudern, während andere nach den Tieren spähen und wieder andere die Harpune werfen. Und bei der Bärenjagd fahren Sie selbstverständlich mit mehreren Schlitten hintereinander los, also gibt es mehrere Jäger, die ihre Hunde der Gefahr aussetzen. Und auch wenn man die Beute nicht persönlich erlegt hat, bekommt man seinen Teil von ihr.«

»Sehen Sie«, sagte der Vorstandsvorsitzende, »genau wie hier, ein gutes Team gewinnt. Jeder leistet seinen Beitrag, denn jeder weiß, dass der Erfolg von ihm abhängt.«

Hier schaltete sich Florence wieder ein.

»Vielleicht möchte der eine oder andere von Ihnen ja Ulik etwas fragen. Wir lassen im Saal ein paar Mikrofone herumgehen.«

Ulik wartete gespannt. Aus den Fragen der Kablunak lernte er mehr über ihre Welt als aus den Antworten.

Eine junge Frau hatte zum Mikrofon gegriffen. Sie war bleich und dunkel gekleidet, und in ihrem schmalen Gesicht lag etwas Ausgehungertes.

»Bei allem, was Sie erzählt haben, haben Sie nur über die Männer gesprochen. Gehören die Frauen denn nicht zum Team?«

Einen Moment lang sagte niemand etwas, und dann vernahm man ein paar Ausrufe und sogar Gekicher. Ulik erinnerte sich daran, was man ihn bei seinem Auftritt im Fernsehen gefragt hatte. Dieses Problem mit der Rolle der Frauen beschäftigte die Leute offensichtlich sehr.

»Die Frauen gehören … gehören auch zum Team«, sagte er. »Sie halten beispielsweise die Sachen in Ordnung. Ein Jäger kommt nicht weit, wenn seine Kleidung in schlechtem Zustand ist.«

Doch die schlechte Laune der jungen Frau schien davon nicht besänftigt worden zu sein.

»Aber jagen tun sie nicht«, sagte sie in vorwurfsvollem Ton.

»Nicht das große Wild. Sie können mit Fangnetzen auf Lummenjagd gehen.«

»Aber wieso können sie nicht gemeinsam mit den Männern das Großwild jagen?«

»Weil sie zu Hause bleiben müssen, um sich um die Kinder und die Iglus zu kümmern.«

»Ja«, setzte die junge Frau wieder an, »aber warum machen das nicht auch die Männer?«

»Weil sie auf der Jagd sind.«

Diesmal lachten die Leute richtig los. Jetzt wandte sich Florence an ihn: »Im Grunde möchte Sylvie verstehen, weshalb Sie die Aufgaben nicht anders verteilt haben.«

Er besann sich darauf, was ihm Thibault geraten hatte: Wenn er verlegen war, sollte er eine Frage mit einer Gegenfrage beantworten.

»Ich verstehe, worauf Sie hinauswollen«, sagte er. »Aber welchen Nutzen hätte das?«

»Vielleicht hätten auch die Frauen Lust, auf die Jagd zu gehen?«, fragte jetzt Florence.

Er dachte angestrengt nach, was schwierig war, wenn man all diesen lächelnden Gesichtern gegenübersaß und noch dazu sich selbst in Großaufnahme auf dem Riesenbildschirm erblickte.

»Ich glaube, dass sie vielleicht tatsächlich gern auf die Jagd gingen … Aber bei uns bringt man den Mädchen das Jagen nicht bei. Vielleicht wäre die eine oder andere wirklich eine recht gute Jäge… Jägerine?«

»Hier bei uns«, sagte nun wieder die junge Frau namens Sylvie, »machen die Frauen dieselbe Art von Arbeit wie die Männer.«

»Ja, das ist mir bewusst. Aber für die Jagd werden Frauen niemals so gut geeignet sein wie Männer.«

Es gab Gemurmel im Saal. Ulik sah, dass fast alle Männer grinsten.

»Und warum nicht?«, fragte Sylvie.

»Frauen töten nicht gern.«

Erneutes Gemurmel. Er spürte, dass viele Leute einverstanden waren. Das ermutigte ihn zum Weitersprechen: »Eine Frau muss zärtlich und einfühlsam sein, damit sie sich gut um die Kinder kümmern kann. Wenn Sie aber zärtlich und einfühlsam sind, ist das keine gute Voraussetzung fürs Töten. Um gut zu jagen, müsste eine Frau härter werden. Aber wenn eine solche Frau dann weniger zärtlich und einfühlsam wäre, wer hätte dann noch Lust, sie zu heiraten?«

Man vernahm aufgeregtes Raunen, Gelächter, Gemurmel, zornige Stimmen, aber auch Beifallsklatschen – es war ein richtiger kleiner Tumult. Ein paar Frauen erhoben sich und steuerten auf die Ausgänge zu, während der Vorstandsvorsitzende noch immer lächelte und Florence aufs Mikrofon klopfte, um wieder das Wort ergreifen zu können.

Sie erteilte einem jungen Mann das Wort, dem man das Mikrofon gereicht hatte.

»Mein Name ist Cédric«, stellte er sich vor. »Ich arbeite seit einem Jahr in der Personalabteilung. Was ich gern wissen möchte, ist, wie Sie die Jagdbeute aufteilen.«

Florence griff ein.

»Ihre Frage ist interessant, Cédric«, sagte sie kühl, »aber können Sie bitte genauer erklären, was sie zu tun hat mit unserem Thema ›Ein gutes Team gewinnt‹?«

»Natürlich. Damit ein Team motiviert bleibt, muss jeder das Gefühl haben, dass seine Anstrengungen belohnt werden. Wie macht man das in Uliks Land?«

Ulik schaute sich Cédric genauer an. Im Unterschied zu allen anderen anwesenden Männern trug er keine Krawatte, obwohl das doch, wie Ulik begriffen hatte, zu den wichtigen Anlässen der Kablunak so Brauch war. Er hatte das seltsame Gefühl, dass Cédric die Antwort auf seine Frage und auch das Leben der Inuit bereits kannte und bloß wollte, dass Ulik den anderen davon berichtete.

Er merkte, wie Florence etwas zu sagen versuchte, aber er begann sofort zu reden, denn es machte ihn stolz, zu erklären, dass bei den Inuit das Aufteilen die Regel ist.

»Wenn man einen Seehund oder einen Bären zerlegt, muss man das sehr säuberlich und immer auf die gleiche Weise tun. Dann verteilt man die Stücke unter all jene, die an der Jagd teilgenommen haben.«

»Sogar an diejenigen, die das Tier nicht zur Strecke brachten?«, wollte Cédric wissen.

»Natürlich. Wir wissen doch genau, dass nicht alle Menschen gleich stark oder gleich geschickt geboren sind und dass manch einer ein besserer Jäger ist und bleiben wird. Aber selbst der beste Jäger muss immer teilen, denn wer würde ihm sonst auf die Jagd folgen wollen?«

»Und wenn er allein jagen ginge?«

»Selbst wenn Sie allein auf die Jagd gehen, müssen Sie die Beute bei Ihrer Rückkehr immer teilen.«

»Aber bekommt der beste Jäger kein größeres Stück?«

»In Zeiten, wo es Jagdbeute im Überfluss gibt, darf er einen Extraanteil behalten. Aber sonst werden die Stücke streng nach der Anzahl der Kinder pro Haushalt aufgeteilt.«

»Also hat der beste Jäger nicht viel mehr Nahrung als ein weniger guter?«

»Nein, meistens ist der Unterschied nicht groß.«

»Na gut«, schaltete sich Florence wieder ein, »bitte die nächste Frage.«

»Einen Augenblick«, sagte Cédric. »Genauso wie vorhin Sylvie möchte auch ich Ulik fragen, weshalb sie sich kein anderes System ausgedacht haben. Ulik, was würde geschehen, wenn jeder Jäger den größten Teil seiner Beute selbst behalten dürfte? Immerhin könnte dieser gute Jäger ja mehr Kinder großziehen und auch mehrere Frauen haben. Und die schlechten hätten dann eben weniger.«

Dieser Mann kannte das Leben der Inuit, da war sich Ulik ganz sicher.

»Gewisse sehr gute Jäger geraten manchmal tatsächlich in Versuchung«, entgegnete er und dachte dabei an Kuristivocq, diesen Angeber. »Sie würden gern einen größeren Anteil an ihrer Beute behalten. Die Frauen mit all den Fellen, die sie nach Hause bringen, beeindrucken. Aber das funktioniert nicht sehr gut.«

»Warum nicht?«

»Die anderen verachten diese Jäger. Hass macht sich breit, und das Stammesleben wird schwierig. Damit das Leben in unserem Stamm angenehm bleibt, darf es keine zu großen Unterschiede geben. Deshalb teilen wir immer.«

Er hatte bemerkt, dass der Vorstandsvorsitzende, Florence und die rangniederen Häuptlinge inzwischen ziemlich verkrampft dasaßen, und noch angespannter wirkten sie, als Cédric fragte: »Und was würden Sie von einem Stamm halten, in dem der beste Jäger, sagen wir mal, hundertmal so viel verdient wie ein gewöhnlicher Jäger?«

»Das wäre kein Stamm mehr«, sagte Ulik.

»Und weshalb nicht?«

»Zu viel Hass.«

Es gab ein großes Rumoren und diesmal donnernden Applaus. Aber der Vorstandsvorsitzende und Florence lächelten seltsamerweise ganz und gar nicht mehr.

Nach der Versammlung war es Florence, die Ulik nach Hause brachte – in einem Auto, das viel geräumiger war als das von Marie-Alix und dessen Front an den Rachen eines Haifisches erinnerte. Sie fuhren auf der Autobahn, denn der Sitz des Konzerns befand sich außerhalb von Paris. Anders als Marie-Alix, die normalerweise die mittlere Fahrspur wählte, hielt sich Florence auf der linken und überholte fortwährend andere Autos, nachdem sie sie gedrängt hatte, ihr Platz zu machen.

Als Ulik ihr Fahrverhalten beobachtete und an die Autorität dachte, mit welcher sie die Versammlung geleitet hatte, fragte er sich, ob seine Worte über die Abscheu der Frauen vor dem Töten wirklich stimmten. Für die Frauen der Inuit konnte er es bezeugen, aber was sollte man von Frauen wie Florence denken? Sie wechselte die Fahrspur mit einer Plötzlichkeit, die ihn hochschrecken ließ.

»Haben Sie Angst im Auto?«, fragte sie.

»Nein.«

Wie naiv es war, einen Inuk zu fragen, ob er Angst habe! Er fühlte sich nicht so wohl, als wenn er mit Marie-Alix fuhr, aber lieber wäre er gestorben, als es einzugestehen.

»Sie fahren schneller als Marie-Alix«, bemerkte er immerhin.

»Oh, dieses Auto ist ja zum Schnellfahren gemacht. Und dann sitze ich gern am Lenkrad.«

»Ich würde auch gern Auto fahren.«

»Na, dann könnte ich es Ihnen ja beibringen«, sagte Florence mit einem kurzen Auflachen, das andeutete, sie würde nur scherzen. Aber zur gleichen Zeit enthüllte es andere Absichten, die ganz und gar ernsthaft waren.

Er blickte zu ihr hinüber. Sie war jünger als Marie-Alix, aber kleiner und nicht so elegant, und in ihren Bewegungen und ihrer Stimme hatte sie etwas Brüskes, was bei einer Frau überraschte, deren Gesicht so fein und so perfekt geschminkt war. Er spürte, dass sie ihn sehr neugierig machte. Aber es würde Marie-Alix womöglich nicht besonders gefallen, wenn er mit ihrer Freundin Florence eine zu große Vertrautheit entwickelte.

»Verstehen Sie sich gut mit Marie-Alix?«, fragte Florence.

»Ja. Sie ist sehr gut zu mir.«

Wieder lachte Florence. Ulik merkte, dass sie auf dem Laufenden war.

»Oh, aber ich glaube, auch Sie sind sehr gut zu ihr …«

»Das nennt man glückliche Fügung.«

Sie schaute ihn mit einem kleinen Lächeln von der Seite an, und diesmal wusste er ganz sicher, dass er sich nicht täuschte.

»Sie haben recht, mein lieber Ulik, einen glücklichen Moment muss man festzuhalten wissen, sobald er sich bietet.«

»Aber zugleich soll man ihn sich nicht verderben, indem man zu naschhaft ist.«

Sie lächelte von Neuem. Diese Art, in Andeutungen miteinander zu sprechen, war sehr amüsant.

»Wissen Sie eigentlich, Ulik, dass Naschhaftigkeit in unserer Religion keine Sünde mehr ist?«

»Aber Gier ist doch immer noch eine?«

»Oh … Sie kennen die sieben Todsünden?«

Er hatte darüber in einem Katechismus bei Thomas gelesen.

»Ja, damit ich euch besser verstehe.«

Sie lächelte wieder, wandte ihren Blick aber nicht von der Fahrbahn ab, denn sie war gerade damit beschäftigt, den vorausfahrenden Wagen auf die rechte Spur zu zwingen.

»Um uns besser zu verstehen? Uns Frauen?«

»Oh, die Männer genauso. Aber natürlich sind Frauen schwieriger zu verstehen.«

»Wirklich? Dabei habe ich gerade den Eindruck, dass Sie mich ziemlich gut verstehen.«

»Sie sind zu gütig. Ich bin nichts als ein armer Inuk, der sich alle Mühe gibt.«

»Jetzt machen Sie sich auch noch über mich lustig.«

»Das läge mir absolut fern!«

Sie lachte wieder.

»Was würden Sie sagen, wenn wir den glücklichen Augenblick beim Schopf packten?«

»Ich weiß nicht, ob Marie-Alix …«

»Marie-Alix braucht es ja nicht zu wissen …«

Er fragte sich, ob er jetzt überhaupt noch Nein sagen konnte, ob seine Einwilligung nicht noch größeren Ärger nach sich ziehen würde, aber schon hatte Florence die Autobahnausfahrt genommen.

»Ja, ja!«, keuchte Florence.

Mit der Entschiedenheit und Autorität des Häuptlings, der sie war, hatte sie ihn in ein großes Hotel unweit des Flughafens mitgenommen. Und jetzt, in diesem Zimmer, zeigte sie ihm ganz deutlich, was sie wollte. Mit verzücktem Gestöhn gab sie sich ihm vollkommen hin, um wenige Sekunden später plötzlich Widerstand zu leisten und sich freizukämpfen, was Ulik dazu zwang, sie mit noch mehr Stärke zu nehmen, und dann gab sie sich wieder hin, ehe sie ihm von Neuem Widerstand leistete.

Das war erregend und auch ein bisschen furchteinflößend … eine Art, Liebe zu machen, die ihn an die Jagd erinnerte, wo man nach großen Anstrengungen endlich über seine Beute triumphiert. Das Bild von Marie-Alix schob sich Ulik vor die Augen – wie sie mit schamhaft gesenkten Lidern in einer diskreten, aber tiefen Ekstase seufzte. Er ließ sich aufs Bett zurückfallen.

»Aber wir sind noch nicht fertig!«, sagte Florence entrüstet.

Wenn sie seine noch immer triumphierend aufgerichtete Männlichkeit anschaute, konnte sie wirklich schwer begreifen, dass er plötzlich auf Abstand gegangen war.

»Ich denke, dass wir unseren glücklichen Augenblick genutzt haben«, sagte er.

Sie begriff sofort.

»O je, du hast Gewissensbisse …«, seufzte sie und drehte sich auf die Seite. »Verdammt!«

»Und Sie, Florence, haben Sie denn keine?«

»Doch, natürlich. Aber mir war es gelungen, sie für den Moment zu vergessen.«

Und nach einer Weile fügte sie leise hinzu: »Ich habe wirklich nie Glück. Immerzu Männer, die nicht frei sind …«

Sie warf einen schnellen Blick auf ihre Armbanduhr, die sie nicht abgelegt hatte.

»Du hast es geschafft, dass ich mich verspäte«, meinte sie mit ihrer gewohnten Stimme.

Sie sagte das, als handle es sich um eine Glanztat. Es war erstaunlich, wie sie von einem Augenblick zum nächsten wieder in der Wirklichkeit anlangte. Als sie sich erhob, um ins Badezimmer zu gehen, fasste Ulik sie beim Nacken und zog sie zu sich heran wie einen kleinen Hund, den man daran hindert, spielen zu gehen. Sie ließ es geschehen.

»Florence?«

»Ja, was ist denn?«

»Ich denke, wir sollten uns weiterhin siezen.«

Sie schwieg. Er wollte es vermeiden, Marie-Alix zu erwähnen, aber Florence hatte sofort verstanden.

»Natürlich, mein lieber Ulik. Ich war sehr froh über diese paar Augenblicke, die ich mit Ihnen verbracht habe. Und natürlich möchte ich Marie-Alix keinen Kummer bereiten«, sagte sie, machte sich von seinem Griff los und begab sich in Richtung Badezimmer. Er hatte in ihrer Stimme eine Spur von Gereiztheit gespürt.

Jetzt blieb er auf dem Bett liegen und hörte zu, wie sie beim Duschen vor sich hin summte. Zum ersten Mal seit Langem fühlte er sich körperlich erschöpft. Mit Florence Liebe zu machen war eine so anstrengende Unternehmung, als wenn man einen Schlitten über holpriges Gelände lenkte. Er hätte es ihr beinahe gesagt, aber dann wurde ihm klar, dass sie diesen Vergleich wohl nicht schmeichelhaft gefunden hätte.

»Jetzt können Sie«, sagte sie, als sie das Badezimmer so perfekt geschminkt verließ, als käme sie eben aus einer Sitzung.

Er begriff, worin das große Geheimnis solcher Frauen wie Florence bestand: Je nachdem, ob sie standen oder lagen, entdeckte man in ihnen zwei völlig verschiedene Personen. Schwierig, sich da zurechtzufinden, nicht nur für einen Inuk-Jäger.

Später saß Florence mit mürrischer Miene hinterm Lenkrad. Ulik vertrug dieses Schweigen schlecht, und gleichzeitig war in ihm wieder der Wunsch erwacht, die Frauen ein wenig besser verstehen zu lernen.

»Florence?«

»Ja.«

»Ich würde Sie gern etwas fragen. Darf ich?«

»Nur zu, Sie brauchen nicht erst um Erlaubnis zu bitten.«

»Gut. Warum haben Sie keinen Mann?«

Sie schaute ihn mit offenkundiger Verärgerung an.

»Wer hat Ihnen denn gesagt, dass ich keinen Mann hätte?«

»Ähm, ich meine nur, Sie sind nicht verheiratet und haben kein Kind … und dabei sind Sie sehr charmant und ausgesprochen hübsch.«

Er sah, wie sie sofort wieder besänftigt war. Egal ob Kablunak oder Inuit, in manchen Dingen waren die Frauen einander auf der ganzen Welt ähnlich.

»Oh, mein lieber Ulik, das wäre ein bisschen schwer zu erklären …«

»Erklären Sie es mir trotzdem. Sie sind intelligent, Sie können es mir ja in groben Zügen darstellen.«

Sie lachte, ohne jedoch dabei aufzuhören, andere Autos mit einer Geschwindigkeit zu überholen, an die er sich nicht gewöhnen konnte.

»Sagen wir einfach, dass die kleine Florence erlebt

hat, wie sich ihre Eltern scheiden ließen, und da hat sie begriffen, wie wichtig es ist, unabhängig zu sein, keinen Mann nötig zu haben … Außerdem fand ich mich nicht hübsch, und so sagte ich mir, ich würde gar keinen Mann finden. Und wo ich doch wusste, dass sie einen sowieso verlassen … Da habe ich eben lieber hart gearbeitet.«

»Aber hat es in Ihrem Leben keine Männer gegeben?«

»Doch, aber damals fand ich die jungen Männer in meinem Alter nicht so interessant. Ich begann, mit Männern auszugehen, die älter waren als ich und schon eine Frau hatten.«

»Große Häuptlinge?«

Überrascht blickte sie ihn an.

»Ja, große Häuptlinge … besonders einer.«

»Aber hat es keinen Moment gegeben, wo Sie gern heiraten und Kinder bekommen wollten?«

»Sie sind ziemlich neugierig, mein lieber Ulik. Ich weiß nicht, weshalb ich Ihnen das alles erzähle.«

»Weil Sie mich sympathisch finden.«

Sie lachte.

»Ja, haben Sie das bemerkt? Nun ja, heute hätte ich vielleicht Lust, Kinder zu bekommen, denn mir bleiben nur noch ein paar Jahre dafür. Aber das Problem ist, dass ich zu diesem Zweck keinen Mann finde.«

»Warum nicht? Sie sind eine sehr anziehende Frau.«

»Tragen Sie nicht so auf, gerade vorhin kam es mir so vor, als wäre ich nicht anziehend genug …«

»Florence, Sie wissen genau, dass …«

»Jaja, ich weiß. Sogar mit Ihnen falle ich in mein altes Schema zurück: Ich suche mir einen Mann aus, der schon vergeben ist.«

»Aber warum finden Sie keinen ungebundenen Mann?«

»Weil die besten in meinem Alter schon unter der Haube sind. Und dann gibt es da noch ein Problem …«

»Welches?«

»Wissen Sie, eine Frau, die einen ziemlich wichtigen Posten bekleidet … Ich bin ein großer Häuptling bei den … bei den Kablunak, so sagen Sie doch?!«

»Ja, genau.«

»Na, und das macht den Männern Angst. Eine Frau, die das Sagen hat, das macht sie nicht gerade an.«

»Dann brauchen Sie doch nur Männer zu suchen, die noch mehr zu sagen haben.«

»Ja, warum nicht, aber das reduziert den Kandidatenkreis beträchtlich. Und außerdem geht es dann wieder los: Die meisten sind bereits lange verheiratet. Und wenn sie ihre Frauen verlassen, dann oft für Mädchen, die jünger als ich sind.«

»Marie-Alix erzählt genau dasselbe.«

»Ach wirklich? Sie zumindest hat früh geheiratet und Kinder bekommen.«

Er fragte sich, ob Marie-Alix, als sie noch mit Charles verheiratet gewesen war, gemeint hatte den »Richtigen« gefunden zu haben. Er dachte an Thomas und an Juliette und bekam Lust, sie so schnell wie möglich wiederzusehen. Er spürte, dass er seinen Seitensprung schon bereute. Mit Jacinthe hatte er nicht das Gefühl, Marie-Alix zu betrügen, denn ihre Beziehung hatte ja schon begonnen, ehe Marie-Alix ihn in die Arme genommen hatte. Er hatte auch nicht das Gefühl, Navaranava mit Marie-Alix und Jacinthe zu betrügen, denn hier befand er sich auf fremdem Territorium, und außerdem hatte er mit Navaranava noch gar nicht Liebe gemacht. Doch nun hatte er das Gefühl, Navaranava, Marie-Alix und Jacinthe während dieser Stunde mit Florence betrogen zu haben. Jetzt hätte er gern alles von sich abgestreift. Er versuchte sich zu entspannen, damit Florence nichts davon merkte. Er hatte nicht vergessen, wie wichtig sie für ihn war und dass sie viel für seinen Stamm tun und ihm auf diese Weise ermöglichen konnte, als Sieger heimzukehren und Navaranava zu heiraten.

»Und damit habe ich im Grunde niemanden wirklich betrogen«, dachte er schließlich.

An den nächsten Tagen folgten mehrere Ereignisse rasch aufeinander.

Die Reportage »Ulik – wie er uns sieht« war in der großen Frauenzeitschrift erschienen und mit Fotos von Ulik illustriert. Drei davon zeigten ihn, wie er mit freiem Oberkörper in einem Dekor aus Fellen und Leder posierte. Das Heft schlug den Auflagenrekord einer früheren Ausgabe, die einem berühmten Sänger gewidmet gewesen war, und die Reportage wurde von allen fremdsprachigen Ausgaben des Magazins übernommen.

Sogleich gingen mehrere Einladungen zu Fernsehsendungen ein. Florence und Marie-Alix saßen auf dem Wohnzimmersofa und diskutierten darüber, während Ulik ihnen zuhörte und staunte, wie hier zwei Frauen die Entscheidungen trafen, während er, der Mann, sich nur führen zu lassen brauchte.

»Gut«, sagte Florence, »zu der da muss er wirklich gehen. Er passt doch genau zum Thema – das Meer.«

»Außerdem ist es eine sehr gute Sendung«, meinte Marie-Alix. »Thomas und Juliette schauen sie sich oft an und ich auch.«

»Und dann wird sie sehr gern von den Ökos gesehen. Das passt mir gut.«

»Du meinst, dem Konzern.«

»Genau, und somit ist es auch gut für die Spenden an deine noble Organisation!«

Sie gerieten einander oft in die Haare, aber eine Minute später lachten sie schon wieder. Ulik versuchte sich an Streitigkeiten unter Inuit-Frauen zu erinnern, aber das war schwierig, denn in seiner Heimat richteten es die Frauen so ein, dass sie vor den Männern nicht miteinander sprachen.

»Und diese Sendung da?«

»Ach, ich weiß nicht so recht. Zu viele Stars und Sternchen, das ist eine reine Unterhaltungssendung. Ich glaube, dass Ulik sich inmitten dieses ganzen Tralalas nicht wohlfühlen wird.«

»Einverstanden«, meinte Marie-Alix, »und dann ist es auch keine besonders niveauvolle Sendung.«

Florence musste lachen.

»Na sag bloß … immerhin treten dort sogar Minister auf.«

»Eben deshalb«, sagte Marie-Alix.

Und schon prusteten sie los wie zwei Schulmädchen. Für Ulik war es ein schönes Gefühl, die beiden Frauen, die er schon geliebt hatte, betrachten zu können. Dabei beruhte der friedliche Charakter dieser Szene nur darauf, dass Marie-Alix nicht wusste, was ihm mit Florence passiert war.

»Und die da?«

»Hm … schwierige Entscheidung.«

Ulik träumte ein wenig vor sich hin. Er brauchte nicht zuzuhören; er hatte sich längst entschieden, ohnehin das zu machen, was die beiden Frauen beschließen würden.

»Sie haben ein hervorragendes Publikum.«

»Ja, aber es geht dort auch manchmal zu wie im Raubtierkäfig.«

Bei diesen Worten wurde Ulik hellwach.

»Weshalb wie im Raubtierkäfig?«

Marie-Alix und Florence schauten einander an, als hätten sie vergessen, dass er auch noch da war.

»Hm, wie soll man es ausdrücken?«

»Ulik, manchmal stellt man dort Fragen, die nicht besonders nett sind. Oder es sind seltsame Leute eingeladen, die dann unschöne Dinge sagen.«

»Unschöne Dinge? Zu mir?«

»Ja, das kann passieren. Dass sich die Leute beschimpfen, gehört mit zur Show.«

»Andererseits sind die doch auch nicht blöd«, sagte Florence. »Ulik ist inzwischen schon ein Sympathieträger, und er ist Botschafter eines fremden Landes: Wenn sie ihn runtermachen, erniedrigen sie sich damit selbst.«

»Na ja, aber bis zur nächsten Sendung würde sich sowieso keiner mehr daran erinnern.«

Fragen, die nicht besonders nett sind … Verletzende Bemerkungen … Seit seiner Ankunft war alle Welt freundlich zu ihm gewesen. Um seine Ehre oder seinen Ruf zu verteidigen, hatte er keine Stärke mehr zeigen müssen. Es waren ihm keine großen Herausforderungen begegnet, über die er hätte triumphieren können (mal abgesehen von seinem Liebesabenteuer mit Florence, aber das war ein Einzelfall gewesen und hatte auch keine Siegergefühle in ihm ausgelöst). Sein Leben war ein bisschen trist geworden, jetzt merkte Ulik es deutlich. Manchmal hatte er das Gefühl, gar kein Mann mehr zu sein.

»Ich würde gern in diese Sendung gehen«, sagte er.

»Also, Ulik, Sie sind kaum drei Monate bei uns und schon ein Star! Man konnte Sie bereits im Fernsehen erleben, und einer großen Zeitschrift haben Sie ein aufsehenerregendes Interview gegeben … Meine Damen, meine Herren, hier ist Ulik aus dem Land der Inuit!«

Und auf einem riesigen Bildschirm erschienen Uliks Fotos aus dem großen Frauenmagazin. Das Publikum applaudierte, und aus den Lautsprechern erschallte eine Art Marschmusik. Ulik wusste, dass Marie-Alix und Florence das alles in einem anderen Zimmer verfolgten, in dem auch ein Fernsehapparat stand.

»Ulik, Sie kommen aus einem Land, in dem die Männer auf die Jagd gehen …«

Das Seltsame war, dass der Moderator mit seinen schwarzen Haaren und seinen hoch liegenden Backenknochen an einen Cree-Indianer erinnerte, den althergebrachten Feind der Inuit. Er machte allerdings einen freundlichen Eindruck.

»… die Frauen aber bleiben daheim und kümmern sich um die Kinder. Sind sie damit immer einverstanden?«

Dieses Terrain war ihm vertraut, vor allem seit seinen Gesprächen mit Thibault, und so konnte er ganz unbefangen antworten.

»Es ist eine Aufgabenteilung«, sagte er. »Jeder hat etwas davon.«

Der Moderator schaute ins Publikum und zog dabei

ein komisches Gesicht, als wollte er seine Hochachtung vor Uliks Antwort bekunden. Wieder brandete Beifall auf.

Dann stellte der Moderator Ulik noch weitere scharfsinnige Fragen über das Leben der Inuit, und man sah, dass er sich mit dem Thema wirklich beschäftigt hatte, was die Unterhaltung sehr angenehm machte. Alles lief richtig gut, und Ulik verstand gar nicht, weshalb Marie-Alix und Florence den Vergleich mit dem Raubtierkäfig angestellt hatten.

»Und nun, meine Damen und Herren, begrüße ich jemanden, der nicht daheimbleibt, sondern lieber auf die Jagd geht – Adèle, kommen Sie zu uns.«

Alle klatschten Beifall, während aus den Kulissen eine Frau hervortrat und unweit von Ulik Platz nahm.

Sie war ein bisschen dick, aber ihre Rundungen waren angenehm anzuschauen, und sie hatte ein hübsches Lächeln, selbst wenn sie insgesamt nicht besonders hübsch war. Sie musste um die dreißig sein – in einem Alter, in dem eine Inuit-Frau bereits alle ihre Kinder zur Welt gebracht hatte.

»Adèle, Sie haben gerade ein Buch geschrieben, das in aller Munde ist und sich anschickt, ein Bestseller zu werden. Ich spreche natürlich von *Ich brauche niemanden …*«

Auf dem Riesenbildschirm erschien der Schutzumschlag des Buches, und von Neuem applaudierte das Publikum. Adèle lächelte, aber Ulik sah, dass sie dem Frieden nicht traute.

»Adèle, in Ihrem Buch sagen Sie uns, dass Sie sich nach einer Reihe von Erfahrungen letztendlich ohne Mann wohler fühlen. Und vor allem erklären Sie, dass

viele Frauen genauso dächten, es aber nicht auszusprechen wagten.«

»Ja«, sagte Adèle, »ich habe mit vielen Frauen gesprochen, die meisten können das Leben erst nach der Tren-
nung genießen, wenn sie so wie ich allein leben, und
davon wollte ich in meinem Buch erzählen.«

»Aber trotzdem haben Sie mit Männern zusammen-
gelebt, Adèle, und beinahe hätten Sie sogar geheiratet …«

»Ja, weil ich einfach gemacht habe, was alle machen.
Aber heute ist mir klar, dass ich damals nicht besonders
glücklich war; ich habe es mir nur eingeredet.«

»Meine Damen und Herren, für das Gespräch mit
Adèle haben wir genau den richtigen Mann gefunden.
Und was für einen Mann!«

Erneut ertönte Musik, und dann erschien auf der
Bühne ein ziemlich junger Mann, der nicht ganz wie
ein Kablunak aussah und zahlreiche Ketten aus Gold
sowie eine rote Schirmmütze trug. Geradezu unglaublich aber war, dass er, wie Ulik bemerkte, einen Dia-
manten in einem seiner Schneidezähne eingelassen
hatte! Der Mann war mit einer Art weißem Overall bekleidet, ein bisschen, als wollte er auf den Eisschollen
Robben jagen, aber Marie-Alix hatte Ulik schon erklärt,
dass Joe J. Sänger war und immer diesen Anzug trug.
Die Kablunak-Mädchen und die Kablunak-Jungen
himmelten seine Musik an, und er war dafür bekannt,
eine Menge kleiner Freundinnen zu haben und sie
häufig auszuwechseln. Ulik hatte ihn bereits im Fernsehen in einem Film gesehen, den man für eines seiner
Lieder gedreht hatte: Er saß in einem weißen Auto,
umgeben von sehr hübschen jungen Frauen mit dunk-

ler Haut, die ihn wie einen Gott anzubeten schienen und immerzu versuchten, ihn zu umarmen und zu streicheln, während er sie nicht einmal ansah. In anderen Sequenzen posierte er am Beckenrand eines immensen Swimmingpools oder in einem Salon mit ganz roten Wänden, immer noch in seiner weißen Kombi und mit den Goldketten. Eigentlich hätte er glücklich sein sollen inmitten all jener entzückenden halb nackten Frauen, aber er stierte in die Kamera und stieß zornige Worte aus, und Marie-Alix erklärte Ulik, dass diese Lieder die Kablunak-Gesellschaft dafür kritisierten, dass sie schlecht eingerichtet war für alle, die keine Kablunak waren.

»Herzlich willkommen, Joe J.!«

Donnernder Applaus brandete auf, während sich Joe J. zwischen den Moderator und Adèle setzte.

»Sie haben gehört, was Adèle über das Glück, allein zu leben, gesagt hat. Was denken Sie darüber?«

»Pfff, das ist doch alles nur Mache. Sobald sie einen abbekommen hat, wird sie ganz anders reden. Na ja, ich stehe nicht zur Verfügung.«

Im Publikum brach Gelächter aus. Ulik erwartete, dass Adèle eine scharfe Antwort zurückschickte, aber zu seinem Erstaunen sah er sie nur verlegen lächeln, während die Zuschauer johlten.

»Entschuldigen Sie, meine Damen und Herren, er kann sich einfach nicht benehmen. Nun also, Adèle, Sie sagen, dass Sie keinen Mann mehr brauchen.«

Adèle versuchte so zu tun, als nähme sie Joe J.s Bemerkung auf die leichte Schulter.

»Ja, und das trifft auf alle Frauen zu. Wir können unseren Lebensunterhalt selbst bestreiten – und bald sogar besser als die Männer, denn Frauen qualifizieren sich beruflich mehr und mehr. In Polizei und Justiz werden die Schlüsselpositionen bald alle von Frauen besetzt sein.«

»Mag sein, aber wie ist es, wenn Sie nach einem anstrengenden Tag nach Hause kommen, und da wartet niemand auf Sie?«

»Man kann Leute treffen oder ins Theater gehen, wann immer man will. Man hat sogar mehr Zeit für seine Freundinnen. Dann hört man übrigens, wie einem die verheirateten Freundinnen ihr Herz ausschütten, und das macht einem nicht gerade Lust auf Beziehungen!«

»Es stimmt schon, dass eine Beziehung nicht immer ein Paradies ist, aber dennoch, Adèle …«

»Dennoch was?«

»Da wäre eine Frage, die ich Ihnen gern stellen würde«, sagte der Moderator mit einem verschmitzten Lächeln, »aber ich weiß nicht, ob ich darf.«

»Bitte sehr.«

»Wie läuft es mit der Liebe? Was ist, wenn Sie Lust auf Liebe haben?«

»Ach wissen Sie, es ist kein Problem, Männer zu finden, denen ebenfalls gerade danach zumute ist.«

»Kein Problem? Kommt ganz drauf an, für wen«, sagte Joe J. und lachte hämisch.

Adèle zuckte zusammen, und das Publikum lachte schallend los. Ulik sah, wie ihr die Tränen in die Augen stiegen, aber sie lächelte tapfer weiter, als wäre Joe J. ein Verrückter, dem man keine Beachtung schenken durfte.

»Also wirklich, er ist grauenhaft!«, sagte der Moderator lachend. »Hören Sie einfach nicht hin. Aber,

Adèle, was Sie sagen, mag vielleicht auf Sie persönlich zutreffen, doch die meisten alleinstehenden Frauen dürften an ihrer Einsamkeit leiden, oder?«

»Sehen Sie, in zwei Dritteln aller Fälle reichen die Frauen die Scheidung ein. Wenn sie wirklich solche Angst vor dem Alleinsein hätten, würden sie das doch bleiben lassen.«

Der Moderator wandte sich Ulik zu.

»Ulik, was denken Sie darüber?«

Ulik war von Joe J.s letzter Bemerkung derart schockiert, dass er jetzt Mühe hatte, eine Antwort zu finden. Im Land der Inuit war es verboten, eine Frau vor aller Augen zu kränken. Er konnte einfach nicht begreifen, weshalb niemand reagierte. Er war kurz davor, über den Tisch zu springen und Joe J. eine Lektion zu erteilen, aber dann besann er sich auf das, was Marie-Alix ihm gesagt hatte. Er war hier, um sein Volk zu repräsentieren, und nicht, um mit der Faust die Gerechtigkeit zu verteidigen.

»Mir scheint, dass die Frauen vielleicht das eine denken, aber im gleichen Augenblick etwas ganz anderes fühlen können«, sagte er.

»Sie meinen also, dass Frauen kompliziert sind, oder?«

»Diese Macho-Sprüche«, rief Adèle dazwischen.

Die Zuschauer begannen zu buhen und zu pfeifen, aber der Moderator brachte sie mit einer Geste zum Schweigen.

»Meine Damen und Herren, ich glaube, dass uns Ulik etwas Interessantes zu sagen hat. Was denken die Frauen, und was fühlen sie?«

Ulik spürte, dass Joe J. ihn provozierend ansah.

»Nun ja, sie denken, sie könnten auf die Männer verzichten.«

»Aber warum könnten sie denn Lust haben, auf uns zu verzichten?«

»Ich glaube nicht einmal, dass sie wirklich Lust darauf haben. Ich glaube, dass sie von den Männern eine Menge erwarten, und weil sie das Erhoffte nicht finden, bleiben sie lieber allein.«

»Was erwarten die Frauen Ihrer Meinung nach?«

Es war schwierig, darauf zu antworten. Er wollte niemanden verärgern, und doch musste er zeigen, dass die Inuit intelligente Leute waren.

»Sie erwarten eine ganze Menge. Sie wollen einen starken Mann, der sie im Bett glücklich macht, aber zugleich soll er liebevoll und verständnisvoll sein und treu bleiben.«

Der Moderator setzte einen bewundernden Blick auf, und viele Leute klatschten Beifall, wenngleich es auch Pfiffe und Buhrufe gab. Merkwürdigerweise fühlte sich Ulik dabei gut; er hatte genug davon, dass alle Welt nett zu ihm war.

»Aber läuft es bei Ihnen nicht genauso, Ulik?«

»Doch, aber weil wir so wenige sind, erträumen sich die Frauen nichts: Sie wissen, welche Männer zur Verfügung stehen, sie haben von Kindheit an Seite an Seite mit ihnen gelebt und wissen, was sie wert sind. Hier träumen die Frauen davon, Männern zu begegnen, die sie noch gar nicht kennen. Der Richtige könnte einer von Millionen sein, der ihnen noch nicht begegnet ist. Ich habe sogar schon gesehen, wie sich Frauen im Fernsehen zeigten, um von unbekannten Männern angerufen zu werden.«

»Meine Damen und Herren, Ulik schaut sich *Herz trifft Herz* an! Nun, Adèle, was halten Sie von dem, was Ulik erzählt?«

»Ich denke, Ulik will uns sagen, dass die Inuit-Frauen sich damit abgefunden haben, wie Männer eben sind, sie hängen schließlich von diesen Männern ab. Wir dagegen sind nicht mehr zur Resignation gezwungen und bleiben dann doch lieber allein als in schlechter Gesellschaft.«

Es lag etwas in Adèles Gedankengang, das Ulik schockierte. Seit er ins Land der Kablunak gekommen war, hatte er doch mehrfach das Begehren einsamer Frauen gespürt und auch ihr Glück, in den Armen eines Mannes zu liegen.

»Es gibt da noch ein anderes Problem«, sagte Ulik.

»Bitte, Ulik, wir hören.«

»Bei uns sind die Frauen sehr schamhaft. Hier in Paris allerdings enthüllen sie ständig ihren Körper, sodass ein Mann immerzu Lust hat, untreu zu werden.«

Von Neuem Gelächter, Applaus und wieder Gelächter.

»Das trifft nicht immer zu«, meinte Adèle mit gekränkter Miene.

»Bleib schön verhüllt, Schätzchen«, sagte Joe J., »so bist du mir am liebsten.«

Das war zu viel. Ulik drehte sich zu ihm hinüber: »Im Land der Inuit darf ein Mann niemals eine Frau kränken!«

»Ich … ich fühle mich gar nicht gekränkt«, sagte Adèle.

Uliks Blick war fest auf Joe J.s Augen geheftet. Er wusste, dass der Rapper die Sprache der Fäuste ganz gut beherrschte. Joe J. erwiderte den Blick, aber was er in Uliks Augen sah, ließ ihn erstarren.

»Sei doch nicht gleich sauer«, sagte er zu Adèle, »war doch bloß Spaß, auch du wirst noch deinen Kerl finden.«

Später bemerkte Ulik, dass Joe J. es noch immer vermied, ihm in die Augen zu sehen, und das bereitete ihm Vergnügen, auch wenn er ein wenig enttäuscht war, dass Adèle keinerlei Dankbarkeit erkennen ließ. Ein paar Minuten nach dem Zwischenfall hatte sie noch einmal gesagt: »Wir brauchen keine Männer, um beschützt zu werden«, und Ulik hatte begriffen, dass das auch auf ihn gemünzt war.

Die Kablunak-Frauen waren wirklich schwer zu verstehen.

Nach dieser Sendung begann Uliks Alltag im Land der Kablunak sich zu verändern. Die Leute erkannten ihn auf der Straße. Oft hörte er, wie hinter ihm jemand ausrief: »Das ist ja Ulik!«, und dann kamen ein kleiner Junge in Begleitung seiner Mutter, eine Gruppe von Teenagern, eine etwas verschüchterte Frau oder ein älteres Ehepaar lächelnd auf ihn zu, baten um ein Autogramm und sagten, dass sie ihn im Fernsehen toll gefunden hätten, wobei sie sich meist auch dafür entschuldigten, ihn auf der Straße einfach zu behelligen. Die Leute waren weiterhin freundlich zu ihm, aber es gelang ihm nicht, herauszufinden, ob es die Art von Freundlichkeit war, die man einem Kind gegenüber zeigt, das man beschützen möchte, oder die Freundlichkeit, wie man sie einem Häuptling gegenüber an den Tag legt, wenn man seine Gunst erlangen will.

»Wahrscheinlich ein bisschen von beidem«, meinte Thibault. »Für diese Menschen bist du einerseits der junge Inuk, dessen Zukunft von einer feindlichen Welt bedroht ist, aber andererseits auch jemand, der im Fernsehen auftritt, ein Star, noch dazu jemand, der Joe J. Angst eingejagt hat. Ich bin früher auch manchmal im Fernsehen aufgetreten. Das Resultat war nicht zu übersehen …«

»Der Konzern will mich für seine Imagebroschüren fotografieren. Sogar einen Film möchten sie drehen.«

»Ah, siehst du, auch die haben es begriffen. Ich hoffe, dass du von ihnen tonnenweise Geld verlangst.«

»Marie-Alix hat mir gesagt, dass sie einen Rechtsanwalt besorgen wird.«

»Ihr Exmann ist Anwalt, nicht wahr?«

»Ja, aber sie möchte einen anderen. Dabei glaube ich, dass Verträge dieser Art genau die Spezialisierung von Charles sind.«

»Siehst du ihn oft?«

Seit Ulik bei Marie-Alix eingezogen war, schaute Charles tatsächlich häufiger vorbei. Einmal hatte er sogar einen Blumenstrauß mitgebracht, und weil niemand zu Hause gewesen war, hatte er ihn einfach in die Küche gestellt.

»Das ist so eine Spezialität der Männer«, sagte Thibault, »die sogenannte ›späte Reue‹ …«

Ulik unterhielt sich sehr gern mit Thibault. Er hatte das Gefühl, bei jedem dieser Gespräche mehr über die Welt der Kablunak zu lernen als an den Tagen voller Verabredungen und Sitzungen.

»Und in der Fernsehsendung, wie fandest du Adèle?«, fragte er Thibault.

»Wieder die berühmte Abwehrreaktion, oder?«

»Willst du damit sagen, dass Adèle etwas Bestimmtes sagt und denkt, um eine andere Sache zu verbergen, die zu schmerzhaft für sie wäre?«

»Genau. Wie alle Frauen oder jedenfalls fast alle leidet sie unter ihrer Einsamkeit. Aber es fällt ihr schwer, sich das einzugestehen, allein schon, weil sie ein couragiertes und unabhängiges Mädchen sein möchte. Ich kenne auch eine, die so ist …«

Ein Schatten von Traurigkeit huschte über Thibaults Gesicht.

»Und dann?«

»Wenn man in einer nicht gerade rosigen Lage steckt, versucht man sich zu sagen, dass alles sehr gut ist, wie es eben ist, denn so fühlt man sich weniger traurig. Vielleicht schafft sie es, sich einzureden, dass ihr Leben gar nicht so übel läuft, und alles in allem stimmt das sogar. Auch ich kann mir ja einzureden versuchen, dass ich als Single besser lebe, dass ich wieder den Frauen schöne Augen machen kann, soviel ich möchte …«

»Aber du denkst, dass du eine neue Freundin finden wirst.«

»Ach, ich weiß nicht, aber auf jeden Fall ist es theoretisch nicht schwer, Frauen zu treffen. Vergiss nicht, dass in dieser Stadt jede zweite Frau allein lebt …«

Ulik fühlte sich erneut von einer Art Schwindel ergriffen, wenn er an diese Hunderttausenden Frauen dachte, die keinem Mann gehörten und die er in ihren Betten hätte besuchen können, vor allem jetzt, wo er ein Fernsehstar geworden war. Selbst wenn er jahrelang im Land der Kablunak bleiben würde und jeden Abend eine andere Frau hätte, würde er niemals alle kennenlernen können. Aber ohnehin würde er bald abreisen, und der Gedanke an Navaranava genügte, um das Bild all jener Frauen, die nur auf ihn zu warten schienen, fortzuwischen.

»Aber eine Sache, die du im Fernsehen angesprochen hast, hat mich nachdenklich gemacht«, meinte Thibault. »Es stimmt, dass eine Frau nicht allzu sehr vom Märchenprinzen träumen kann, wenn die Zahl der verfügbaren Männer stark eingeschränkt ist. So war es praktisch die ganze Menschheitsgeschichte über, als noch fast alle Leute auf dem Lande lebten. Stell dir Jean-Robert vor: Früher wäre so ein Leben als Frauenjäger schwieriger gewesen, weil einfach nicht so viele ledige Frauen frei im Umlauf waren. Die Frauen lebten erst bei ihren Eltern, dann bei ihren Ehemännern.«

»Wie bei den Inuit von heute. Aber waren Frauen und Männer damals glücklicher miteinander?«

»Schwierige Frage. Jedenfalls dürften sie nicht auf dieselbe Weise glücklich oder unglücklich gewesen sein wie wir heute. Die Lebensläufe waren weniger abenteuerlich, sie waren monotoner … Weniger Höhenflüge, wahrscheinlich aber auch weniger Talfahrten. Sag doch selbst, ob dir die Inuit glücklicher vorkommen als wir!«

Ulik dachte über diese Frage nach. Das mochte er an seinen Unterhaltungen mit Thibault: Sie brachten ihn zum Nachdenken.

»Ich weiß nicht, ob wir glücklicher sind, aber ich glaube, dass wir vielleicht stärkere Gefühle empfinden. Intensive Momente der Freude. Wenn man beispielsweise nach einer langen Jagd ins Dorf zurückkehrt und alle einen begrüßen, wenn man nach einer Zeit des Hungers ein Walross erlegt hat, wenn der Frühling naht und man wieder Lust auf Liebe bekommt, wenn ein Kind geboren wird … Andererseits kennen wir vielleicht auch mehr Momente tiefen Schmerzes. Im Land der Inuit ist das Leben hart. Eine kleine Unaufmerksamkeit, und du bist tot. Eine schlechte Jagdsaison, und der Hunger ist da. Viele Neugeborene überleben nicht.«

»Es stimmt, dass wir diese existenziellen Fragen mehr oder weniger vergessen haben«, sagte Thibault. »Wir machen uns gar nicht mehr bewusst, wie verwöhnt wir eigentlich sind. Eigentlich haben wir das schönste Leben. Aber na ja, wenn man am Ende doch allein dasitzt …«

Noch eine andere Frage beschäftigte Ulik sehr, aber er wagte nicht recht, mit ihr herauszurücken.

Thibault hatte es bemerkt.

»Was hast du noch auf dem Herzen, Ulik? Komm schon.«

»Ähm, ja, ich habe mich gefragt, ob es eine gute Idee war, als ich dich letztens mit Géraldine allein gelassen habe.«

Thibault lachte kurz auf.

»Da mach dir mal keine Sorgen. Eigentlich ist es ziemlich gut gelaufen. Für mich war das eine Premiere, und für sie war es, glaube ich, ein bisschen wie Ferien.«

»Eine Premiere?«

»Ja, ich meine, ich war noch nie bei einer … bei einer Prostituierten gewesen. Ich glaube, ich habe ihr gefallen. Immer das Gleiche – die Musik, mein Gesicht, jemand, der charmant plaudern kann …«

»Und wirst du dich wieder mit ihr treffen?«

Thibault zögerte.

»Ich glaube nicht. Weißt du, wenn man noch in die eine Frau verliebt ist und mit einer anderen schläft, fühlt man sich dabei nicht unbedingt gut.«

Ulik dachte daran, dass er sich nicht gut gefühlt hatte, als er mit Florence zusammen war, denn er war ja in Marie-Alix verliebt (und in Navaranava sowieso).

»Außerdem wollte sie, dass ich ihr Klavierstunden gebe …«

Dann kamen sie auf Thomas zu sprechen. Thibault war es nicht entgangen, welche Fortschritte der kleine Junge gemacht hatte.

»Letztens hatten wir schon ein beinahe normales Gespräch. Und gestern hat er sogar einen Schulfreund mit nach Hause gebracht.«

»Das ist auch eine Premiere – bravo! Aber weißt du, du hast mir eine Frage gestellt, und ich möchte dir auch eine stellen.«

»Eine Frage?«

»Ulik, ich glaube, du bist sehr wichtig geworden für diese Familie.«

»Ja, das stimmt.«

»Und wirst du wieder heimreisen? Oder vielmehr – wann?«

Ulik dachte, dass sich Thibault auf die Kunst der einfachen Erklärungen verstand, aber auch auf jene der schwierigen Fragen.

»Werden Sie bald abreisen?«, fragte Marie-Alix.

Die Frage machte ihn hellwach. Vorher war er in einem Halbschlaf dahingetrieben, wo er in manchen Augenblicken im Land der Inuit zu sein glaubte und die Frau an seiner Seite Navaranava war.

»Ich kann nicht zurück, ehe sie den Film gedreht haben.«

Es war das große Projekt von Florence, über Ulik einen Film zu drehen, der das Image des Konzerns stärkte. Aber um einen Film zu drehen, der wenige Minuten dauern sollte, waren offenbar Wochen voller Sitzungen und verschiedenste Entscheidungen vonnöten, über die man Ulik im Übrigen nicht auf dem Laufenden hielt.

»Aber danach werden Sie fortgehen?«

»Ich weiß nicht – ich müsste, oder?«

»Das wollte ich damit nicht sagen«, meinte Marie-Alix. Sie stemmte sich auf einem Ellenbogen hoch und blickte ihn ruhig an, wie sie es so gern tat.

»Sie sind noch immer mein kleines Geschenk des Nordens«, fuhr sie fort, »selbst wenn Sie Dummheiten machen. Ich sage mir aber, dass sich das wahre Leben eines Inuk nicht hier abspielt. Mal ganz zu schweigen von der hübschen jungen Frau, die ich damals in der Reportage über Ihr Dorf gesehen habe …«

Sie hatten seitdem nie wieder von Navaranava gesprochen, aber offensichtlich hatte Marie-Alix alles begriffen.

»Das muss ja nicht bedeuten, dass wir uns nie wieder sehen würden«, sagte Marie-Alix. »Ich habe gute Gründe, ins Land der Inuit zu reisen, immerhin ist das mein Job.«

Ulik versuchte es sich vorzustellen: Marie-Alix, wie sie in ihrer Polarkombination aus einem kleinen Flugzeug mit Kufen kletterte und dann mitten in seinem Dorf stand. Er, Ulik, wie er gefolgt von Navaranava aus seinem Iglu trat, um sie willkommen zu heißen. Marie-Alix und Navaranava, die sich die Hand gaben. Oder sich auf die Wangen küssten, wie es die Frauen in Paris taten. Und dann würden sie alle gemeinsam den finsteren, verräucherten Iglu betreten …

»Na, es scheint Sie ja nicht gerade glücklich zu machen, wenn ich Sie besuchen möchte.«

»Das ist nicht das Problem.«

»Aber was dann?«

Gerade war ihm klar geworden, dass er keine große Lust verspürte, wieder in einem Iglu zu wohnen. Die Kälte, der Rauch. Keine warmen Bäder mehr, diese wunderbare Einrichtung, die er am ersten Abend im Hotel entdeckt hatte. Keine Gespräche mehr mit Thibault. Keine neuen Bekanntschaften … Die Angst begann in ihm hochzusteigen. Wenn er noch länger im Land der Kablunak verweilte, wäre er verloren für das Land der Inuit. Andererseits würde er sich hier niemals richtig zu Hause fühlen. Ganz zu schweigen davon, dass ihm der Geist von Navaranava für alle Zeiten bis ins Innerste gefahren war; das wusste er nur zu gut. Er hatte keine Lust, all das Marie-Alix zu erklären, er wollte ihr keine Sorgen bereiten.

»Ich denke darüber nach, dass Sie wieder ganz alleine sein werden, wenn ich fortgehe.«

»Oh, mein kleiner Inuk, wie reizend von Ihnen!«

Und sie küsste ihn.

»Aber wissen Sie«, fuhr sie dann fort, »ich bin daran gewöhnt. Ich war allein, bevor Sie kamen, und ich werde allein sein, wenn Sie fortgegangen sind. Manchmal werde ich vielleicht kleine Anwandlungen von Katzenjammer haben, aber das ist keine Tragödie.«

Es klang wirklich so, als würde sie sich ganz gut aus der Affäre ziehen können, dachte Ulik, aber die Vorstellung, dass eine so wunderbare Frau wie Marie-Alix wieder allein sein sollte, empörte ihn beinahe.

»Und dann glaube ich, Sie haben mir irgendwie neuen Schwung gegeben. Ich merke, dass die Männer jetzt mehr nach mir schauen.«

»Auch Charles?«

»Ach, der. Seinen Trick mit den Blumen kann er meinetwegen noch hundertmal versuchen …«

»Möchten Sie nicht, dass er zurückkommt?«

»Es stimmt schon, eine schlechte Lösung wäre das nicht. Vor allem für die Kinder …«

Sie lagen eine Weile nebeneinander, ohne etwas zu sagen. Charles' Rückkehr hätte dieser Familie bestimmt gutgetan, aber andererseits konnte Ulik die Idee, dass Marie-Alix wieder von einem anderen geliebt würde, nur schwer ertragen.

»Da wäre trotzdem ein großes Problem«, sagte Marie-Alix.

»Mit Charles?«

»Ich glaube, ich liebe ihn einfach nicht mehr. Selbst wenn er wieder furchtbar nett zu mir ist und so, ich liebe ihn nicht mehr. Also kann ich auch gleich allein bleiben.«

Und da verstand Ulik, dass Marie-Alix und Adèle und überhaupt beinahe alle Kablunak-Frauen etwas gemeinsam hatten: Lieber blieben sie allein, als mit einem Mann zu leben, in den sie nicht verliebt waren.

Er sagte sich, dass er den Inuit des Südens ähnlich werden würde, wenn er seiner Insel zu lange fernblieb. Quananvissajaq, der Dolmetscher von der Erdölstation, hatte sie ihm beschrieben. Zuerst hatte der Häuptling ihn nicht einmal empfangen wollen. Für ihn waren die Inuit des Südens einfach ein Haufen von Taugenichtsen, die sich den Kablunak verschrieben hatten und nicht mehr wussten, wie man ohne Gewehr jagt.

Ulik und Quananvissajaq trafen sich hinter einem Felsen in der Nähe des Ufers, dort, wo niemand sie sehen konnte. Am ersten Tag war es kein langes Gespräch gewesen.

»Ihr Häuptling ist nicht gerade einfach«, hatte Quananvissajaq gesagt.

»Aber er ist unser Häuptling«, hatte Ulik geantwortet.

Dann hatten sie das Meer betrachtet und eine Weile gar nichts gesagt. Gerade bildete sich wieder eine Eisschicht. Bald würde das Packeis da sein, und die Robbenjagd konnte beginnen.

Allmählich hatten sie nähere Bekanntschaft geschlossen. Sie waren etwa gleichaltrig, und so fühlte sich keiner von beiden gedemütigt, wenn er zugeben musste, was er alles nicht kannte.

»Es stimmt, dass wir ein bisschen wie die Kablunak leben«, sagte Quananvissajaq. »Wir haben beheizte Häuser, die voll sind mit Gegenständen aus ihrer Fabrikation. Wir können damit Musik hören, ohne selbst welche zu machen, oder Essen kochen, ohne ein Feuer anzuzünden. Wir brauchen nicht mehr auf die Jagd zu gehen, um uns zu ernähren. Es gibt bei uns einen Kablunak-Laden, der Nahrungsmittel aller Art verkauft, ganz wie hier auf der Erdölstation. Wenn du willst, bringe ich dir welche zum Probieren mit. Die Männer verdienen ihren Lebensunterhalt nicht mehr aus ihrer Jagdbeute und den Pelzen, also langweilen sie sich. Unsere Kinder gehen in die Schule und lernen lesen und schreiben.«

»Aber wenn sie als Erwachsene nicht mehr jagen müssen, was werden sie da einmal machen?«

»Das ist die große Frage. Man müsste ihnen die Spezialisierungen der Kablunak beibringen. Aber die Arbeit ist eine Erfindung der Kablunak, und viele von uns haben Mühe, sich daran zu gewöhnen, vor allem die Männer. Und so trauern sie dem wahren Inuit-Leben nach, aber gleichzeitig könnten sie unter euren Bedingungen gar nicht mehr überleben – ich übrigens auch nicht. Sie langweilen sich einfach, und dann kommt der Alkohol ins Spiel.«

»Und die Frauen?«, hatte Ulik noch gefragt.

»Die kommen besser zurecht. Die Männer sind keine Jäger mehr, aber die Frauen werden immer Mütter sein, für sie ändert sich da nichts. Und dann sind sie auch gewissenhaft und gewöhnen sich leichter an die Art von Arbeit, wie sie von den Kablunak erfunden wurde.«

Es würden stets die Männer sein, die für die Jagd am besten taugten, aber bei der Arbeit nach Art der Kablunak wurden sie von den Frauen übertroffen.

Und als Ulik sich an dieses Gespräch erinnerte, dachte er, dass sich auch die Kablunak-Männer langsam Sorgen machen sollten.

Eines Morgens begegnete er Charles, als der gerade aus dem Aufzug trat.

»Marie-Alix ist eben weg«, sagte er.

»Ach«, sagte Charles mit einem Anflug von Enttäuschung in der Stimme. Er schaute auf die Uhr und dann auf Ulik. Plötzlich fragte er: »Haben Sie Zeit für eine Tasse Kaffee?«

Einen Augenblick später saßen sie auf der Terrasse eines kleinen Bistros, das dem Wohnhaus gegenüberlag.

»Nun«, meinte Charles, »läuft es für Sie gut, hier bei uns?«

Dann schien er zu bemerken, dass Ulik seine Frage auch ganz anders verstehen konnte, und sie fühlten sich beide noch verlegener und hatten zur gleichen Zeit dasselbe Bild vor Augen: Marie-Alix, wie sie nackt unter der Bettdecke lag.

»Ja«, meinte Ulik. »Alle haben mich sehr freundlich aufgenommen.«

Wieder gerieten sie in Verlegenheit, natürlich aus demselben Grund. Dann war es Charles, der eine Lösung fand und die Unterhaltung in eine andere Richtung lenkte.

»Thomas scheint Sie sehr zu mögen.«

Und sie begannen über Thomas und Juliette zu sprechen.

Am Ende fand Ulik Charles richtig sympathisch mit

185

seinen gefärbten Haaren, die in der Morgensonne einen schönen rotbraunen Ton annahmen, und seiner melancholischen Art, den Kaffee zu trinken. Nach der Kablunak-Mode war er ausnehmend gut gekleidet – er trug eine elegante Krawatte, und seine Manschettenknöpfe schienen aus Elfenbein zu sein. Ulik bekam Lust, mehr von Charles zu erfahren.

»Warum haben Marie-Alix und Sie sich eigentlich scheiden lassen?«

Er besann sich darauf, was Thibault ihm gesagt hatte: Bei einem Inuk wie ihm tolerierten die Leute Fragen, die sie von ihresgleichen nicht eben gern gehört hätten.

Charles lächelte und zuckte mit den Schultern, als wollte er sich schon im Vorhinein über das lustig machen, was er gleich sagen würde.

»Es ist eine so blöde Geschichte … Der gefährliche Reiz des Neuen, der Wunsch, sich noch einmal jung zu fühlen.«

Auch in diesem Punkt unterschieden sich die Kablunak nicht von den Inuit. Eine Frau, der man noch nicht nahegekommen war, schien stets verlockender als eine, die man nur allzu gut kannte.

»Das sage ich Ihnen heute so«, meinte Charles, »aber damals habe ich es natürlich Verliebtheit genannt.«

Sie ließen sich noch einmal Kaffee bringen. Ulik fragte sich, ob es in Ordnung war, ein Glas Weißwein zu bestellen; immerhin hatte er manche Leute schon morgens am Tresen welchen trinken sehen.

»Das Problem liegt darin«, meinte Charles, »dass man nach der ersten Leidenschaft merkt, dass sich die Vertrautheit nicht einfach so von Neuem bildet. Besonders, wenn der andere zwanzig Jahre jünger ist.«

Die neue Frau von Charles musste also ungefähr so alt sein wie Ulik.

»Sie geht mir auf die Nerven«, sagte Charles. »Am Anfang fühlte ich mich jung, wenn ich mit ihr zusammen war; jetzt ist es umgekehrt, ich beginne mich alt zu fühlen. Gleichzeitig habe ich mit dieser Geschichte aber wieder Geschmack an jungen Dingern gefunden, und das wird sich nicht so schnell legen …«

Er sah aus, als würde er nachdenken, und nach einer Weile sagte er: »Zu Zeiten meines Großvaters hätte ich einfach eine Liaison gehabt, und meine Frau wäre nie auf die Idee gekommen, die Scheidung einzureichen.«

Charles schien vergessen zu haben, was Thibault Ulik beigebracht hatte: Die Frauen akzeptierten es nicht mehr, sich einen Mann teilen zu müssen. Er begann Thibaults Theorie zu begreifen. Wenn die Männer die eheliche Treue nicht mehr ertrugen und die Frauen nicht das Wissen, dass ihr Mann fremdgeht, dann konnte man nachvollziehen, weshalb die Ehen bei den Kablunak immer kürzer wurden, vor allem, wenn es sich auch die Frauen erlaubten, untreu zu sein.

Charles nahm einen Schluck Kaffee und fuhr dann in weniger liebenswürdigem Ton fort: »Ich weiß gar nicht, weshalb ich Ihnen das alles erzähle, immerhin sind Sie der Liebhaber meiner Frau.«

»Weil Sie *naklik* brauchen«, sagte Ulik.

»*Naklik?*«

Ulik erklärte ihm die Bedeutung dieses Wortes, und das Gespräch kam wieder in ruhigeres Fahrwasser.

»Na schön«, meinte Charles, »jetzt bin ich an der Reihe mit dem Fragenstellen. Werden Sie bald abreisen?«

Alle Welt schien sich Gedanken um seine Abreise zu machen. Das war ein deutliches Zeichen.

»Bald.«

»Was bedeutet ›bald‹ für einen Inuit?«

»Einen Inuk, nicht Inuit.«

»Wieso, sind Sie denn kein Inuit?«

»Man sagt ›ein Inuk‹, aber ›viele Inuit‹.«

»Na gut«, sagte Charles, »bitte denken Sie nicht, ich wollte Sie vor die Tür setzen, aber haben Sie schon eine genauere Vorstellung von Ihrem Rückreisedatum?«

»Ich bin hier, um meinen Stamm zu repräsentieren.«

»Natürlich, aber für wie lange?«

»Ich muss noch warten, bis ein Film gedreht wird. Und dann muss ich so viel Geld wie möglich bekommen, für mich und für meinen Stamm. Ich werde wie von einer langen Jagd heimkehren, und da muss ich eine stattliche Beute vorzeigen können.«

Charles schien das sehr zu interessieren.

»Natürlich«, sagte er. »Sie können ja nicht mit leeren Händen zurückkommen.«

»Genau.«

»Sie könnten sogar einen Vertrag abschließen, bei dem noch Gelder fließen, wenn Sie schon nicht mehr hier sind.«

»Das wäre ganz großartig.«

»Oh«, sagte Charles, »ich verstehe. Wollen Sie mir die Verträge zeigen, die man Ihnen zum Unterschreiben gegeben hat?«

Am Wochenende darauf nahm Ulik Thomas mit in den Zoo.

Die Eisbären schienen vor sich hin zu dösen. Sie taten so, als würden sie den beiden Besuchern keine Beachtung schenken, aber Ulik war sicher, dass sie seine Gegenwart bemerkt hatten.

»Waren die, die du getötet hast, auch so groß?«

In Wahrheit waren sie noch größer gewesen. Doch weil Angeberei für einen Inuit-Jäger eine der schlimmsten Sünden ist, antwortete Ulik: »Ja, ungefähr wie die hier.«

In diesem Augenblick öffnete einer der Eisbären die Augen und blickte zu Ulik hinüber.

»Er guckt dich an!«, rief Thomas.

Und so war es wirklich. Der Bär blickte Ulik unmittelbar in die Augen. Der Geist des Großen Nanook setzte sich mit Leichtigkeit über alle Entfernungen hinweg. Dann schloss der Bär die Augen wieder und legte seinen Kopf auf den Felsen.

»Er hat dich angeguckt! Er hat dich angeguckt!«

»Außer uns stand ja niemand da«, sagte Ulik, »da ist es doch normal.«

»Nein, nein, er hat dich richtig angestarrt. Nur dich! Als hätte er dich erkannt.«

Ulik wusste, dass Thomas recht hatte. Es war ein Zeichen gewesen. Vielleicht war es Zeit, in die Heimat zurückzukehren.

Er blickte auf Thomas, der vor Aufregung beinahe einen Tanz aufführte, und sagte sich, dass es schwer sein würde, ihnen die Abreise anzukündigen.

»Charles hat sich tüchtig für Sie ins Zeug gelegt«, sagte Florence, als sie ihn abholte, weil der Werbespot für den Konzern endlich gedreht werden sollte. »Bildrechte und alles so was. Sie werden einen ordentlichen Batzen Geld bekommen, und wenn die Werbekampagne so läuft wie vorgesehen, sogar eine ganze Weile lang.«

»Das hoffe ich sehr.«

»Was wollen Sie mit dem ganzen Geld anfangen?«, fragte Florence.

Beinahe hätte er geantwortet: »Alles mit dem Stamm teilen«, aber Ulik merkte, dass er nicht wirklich so dachte. Er hatte den Wunsch, alles für sich, Navaranava und die Kinder, die sie einmal haben würden, zu behalten. Diese Vorstellung erschreckte ihn: Durch seinen Aufenthalt im Land der Kablunak begann er schon wie ein Kablunak zu denken.

Als sie im Studio eintrafen, war alles schon vorbereitet – organisiert von einem ganzen Team und beaufsichtigt von einer Frau mit der Spezialisierung Art Director.

Sie war schwarz angezogen und hatte ein ziemlich schönes, aber strenges Gesicht. Ulik sagte sich, dass sie in einem Kablunak-Märchen die Rolle einer schönen Hexe hätte spielen können.

»Wir warten bloß noch auf den Trainer«, sagte sie.

»Den Trainer?«

»Ja, und auf seinen Bären natürlich.«

Davon hatte Florence nichts gesagt: Man wollte ihn zusammen mit einem Eisbären fotografieren, weil sie glaubten, dass ein Inuk und ein Bär ein unwiderstehliches Motiv abgeben würden.

»Nein, das geht nicht«, sagte er.

»Aber Ulik, machen Sie sich doch keine Sorgen, es ist ein abgerichteter Bär.«

»Haben Sie etwa Angst?«, fragte die schöne Hexe in entrüstetem Ton.

Ulik konnte ihnen nicht erklären, dass er den Geist des Großen Nanook beleidigt hatte. Wenn er ihm wiederbegegnete, selbst unter dem Himmel der Kablunak, würde ein Unglück geschehen.

Florence führte ihn in ein Büro und versuchte ihn zu überzeugen.

»Hören Sie, ich lege meine Hand dafür ins Feuer, dass Ihnen nichts passiert. Der Tiertrainer ist ein Profi. Er hat mit seinem Bären schon früher für die Werbung gearbeitet …«

Für diese Welt waren das gute Argumente, aber Ulik hatte Zugang zu einer anderen Welt, von der Florence nicht das Geringste ahnte. Und so weigerte er sich weiterhin, ohne nähere Gründe zu nennen, denn er wusste, dass diese Gründe Florence verrückt vorgekommen wären.

Schließlich flehte sie ihn geradezu an; sie sagte, dass er sie mit seiner Weigerung in eine schwierige Lage bringen würde.

»Der Vorstandsvorsitzende wäre wütend auf mich. Und es ist sehr gut möglich, dass er einen Rappel kriegt und das ganze Hilfsprojekt stoppt!«

Sie kämpfte mit den Tränen.

»Ich bitte Sie, Ulik, lassen Sie mich nicht hängen. Es würde schreckliche Folgen haben …«

Plötzlich schien sich der Geist einer ganz jungen Frau, vielleicht sogar der eines Mädchens, wieder in Florence zu regen. Auf diese Weise schaffte sie es schließlich, Ulik zu überreden. Eine Frau konnte er doch nicht der Verzweiflung überlassen, und genauso wenig durfte er seinen Stamm enttäuschen … Er würde den Kampf aufnehmen, selbst gegen den Geist des Großen Nanook.

»Gut, sie hat sich eingewöhnt, wir können jetzt loslegen«, sagte der Tiertrainer.

Er war ein großer, bärtiger Mann, der selbst ein bisschen wie ein Bär aussah. Mitten im Studio unter den Scheinwerfern stand er mit seinem Tier, das er an der Leine zunächst eine kleine Runde hatte drehen lassen. Es war eine Bärin. Sie machte einen friedfertigen Eindruck und schien sich für die ganze Situation nicht mehr besonders zu interessieren. Sie saß auf den Hinterpfoten und legte dem Trainer ihren Kopf auf die Schulter.

Er hatte Ulik erklärt, dass die Bärin in Gefangenschaft geboren und also schon von klein auf gezähmt und dressiert worden war. Außerdem achte er darauf, sie vor jedem Einsatz ausreichend zu füttern. Er wirkte kompetent und kannte sich sogar ein wenig im Süden des Landes der Yupik aus, die Verwandte der Inuit sind und im Norden Alaskas leben. Aus dieser Gegend stammten auch die Eltern der Bärin.

Aber es war nicht das Tier, vor dem Ulik Angst hatte; er fürchtete den Geist des Großen Nanook, der Besitz von der Bärin ergreifen konnte. Zum ersten Mal kam er einem Eisbären unbewaffnet derart nahe, und das verschaffte ihm ein unbehagliches Gefühl. Er merkte, dass die Leute im Studio, Florence eingeschlossen, nicht beunruhigt wirkten; wahrscheinlich vertrauten sie dem Tiertrainer und sahen in der Bärin einfach ein großes weiches Plüschtier.

Im Stillen richtete Ulik ein Gebet an den Nanook. *Vergib mir. Wenn du mich bestrafen musst, dann bitte später, aber nicht vor all diesen Leuten, die mit unserer Geschichte nichts zu tun haben.*

Und dann stellte er sich neben die Bärin. Der Fotograf sagte ihm, er solle lächeln, aber Ulik brauchte eine Weile, ehe es ihm gelang.

Von Zeit zu Zeit trat der Trainer ins Scheinwerferlicht, um den Eisbären eine andere Pose annehmen zu lassen, während Ulik die Anweisungen des Fotografen befolgte. Er dachte, dass die Bärin und er zwei Geschöpfe des Nordens waren, die sich gerade von den Kablunak herumkommandieren ließen, und in diesem Augenblick fühlte er so etwas wie eine Komplizenschaft mit ihr und vergaß den Großen Nanook.

Am Ende wollte der Fotograf ein letztes Foto von der sitzenden Eisbärin aufnehmen, wie sie die schwarzen Sohlen ihrer Tatzen zeigte. Ulik sollte zwischen ihren Beinen hocken und sich so an sie lehnen, dass sie beide ins Objektiv blickten.

»Ich weiß nicht recht, ob mir das gefällt«, sagte der Tiertrainer.

»Bloß eine Sekunde lang«, meinte der Fotograf. »Es würde aussehen, als kämen sie aus der gleichen Familie oder als wären sie seit Kindertagen Freunde.«

»Ein Bär ist niemals Ihr Freund«, sagte der Tiertrainer.

»Aber es wäre doch herrlich«, warf Florence ein.

»In jedem Fall müsste ich dann ganz in der Nähe bleiben«, sagte der Trainer. Der Fotograf meinte: »Kein Problem, den Hintergrund retuschieren wir sowieso weg.«

»Ich nehme mal an, diese Szene wird Extrakosten verursachen«, sagte Florence.

Niemand fragte Ulik nach seiner Meinung. Man wollte, dass er sich zwischen die Tatzen eines Eisbären hockte, aber keiner interessierte sich dafür, was er davon hielt.

Endlich nahmen sie ihre Posen ein. Der Trainer ließ die Eisbärin sich hinsetzen. Wie sie dort so auf ihrem dicken Hinterteil hockte und die Hinterbeine abgespreizt hielt wie ein Baby, wirkte sie noch gutmütiger.

»Kommen Sie«, sagte er zu Ulik.

Ulik schaute die Bärin an und sah, dass auch sie ihn anschaute.

Er brauchte ein paar Augenblicke, um zu entscheiden, ob es ein freundschaftlicher Blick war, und falls nicht, um abzuwägen, wie die anderen wohl seine Weigerung aufnehmen würden. *Nur zu*, sagte er sich jedoch, *wenn du mich töten willst, brauchst du nicht zu warten, bis ich zwischen deinen Tatzen sitze.*

Und dann hockte er da, den Rücken an den Bauch den Bärin gelehnt, und spürte sie fest hinter sich wie eine große warme fellüberzogene Wand. Er hörte die Fotoapparate wie wild klicken und sah, dass ihn alle ganz verzaubert anblickten – wie Kinder, die vor einem Geschenk standen. Eine Eisbärin und ein Inuk, das Motiv war unwiderstehlich.

»Okay«, sagte der Fotograf, »danke schön.«

Und da passierte es, dass sich die Bärin ganz langsam auf Ulik rollen ließ, und sie blieben gemeinsam auf dem Boden liegen, völlig reglos und ineinander verschränkt. Die Bärin stieß einen kleinen fröhlichen Faucher aus, während Ulik sich plötzlich fortgetragen fühlte in seine Heimat. Er vernahm die rauen Befehle des Trainers, und da begann der Eisbär sich wieder zu bewegen.

Später, als sie alle zusammen standen und Kaffee tranken, kam der Trainer noch einmal zu Ulik herüber.

»So etwas hat sie noch nie gemacht«, sagte er. »Wirklich, niemals.«

Und es war zu spüren, dass er Angst gehabt hatte.

Ulik fühlte sich traurig. Die Frage seiner Abreise war für ihn wie der Kamm eines Gletschers, von dem man zu spät bemerkt, dass man ihn nicht überqueren kann, und das, wo der Tag schon zu weit fortgeschritten ist, um noch den Rückweg anzutreten.

Er spürte, dass auch Marie-Alix daran dachte. Sie vermied es, die Sprache darauf zu bringen, aber manchmal war ihr Schweigen eindeutig. Er wusste, dass sie einverstanden sein würde, wenn er länger bleiben wollte, und dass der Konzern seinen Aufenthalt unbegrenzt finanzieren würde. Sie waren versessen darauf, Ulik herumzuzeigen – einen Inuk, der sich zu gut auszudrücken verstand und zu populär geworden war, als dass man ihn sich zum Feind machen durfte. Er hätte sogar umherreisen können. Mit Marie-Alix Europa entdecken. Es gab Augenblicke, in denen dieser Gedanke ein Schwindelgefühl in ihm auslöste.

Gleichzeitig fühlte Ulik jedoch, dass diese Ekstase nur eine gewisse Weile andauern würde und dass jeder weitere Tag, den er hier verbrachte, ihm die Rückkehr in die Heimat schwerer machte. Der Gedanke an Navaranava verließ ihn nicht. »Navaranava, du schwimmst in meinem Blut«, flüsterte er, »du schläfst in meinen Knochen.« Und zugleich betrübte ihn die Vorstellung, Marie-Alix allein zurückzulassen; besonders schwer fiel es ihm morgens beim Frühstück, wenn er sah, wie sie sich um die Kinder kümmerte, und das Gefühl hatte, einer

Familie anzugehören. Inzwischen schaffte er es sogar, Juliette zum Lachen zu bringen. Wenn sie ihre Freundinnen zu Besuch auf dem Zimmer hatte, rief sie ihn fast immer, um ihn vorzustellen. Er vermied es, sich allzu lange mit ihnen zu unterhalten, denn diese Mädchen waren ein wenig zu verwirrend mit ihren unbedeckten Bauchnabeln und ihrer Art, Ulik entzückt anzulächeln. Wenn das die Nachwirkungen eines Fernsehauftritts waren, konnte er verstehen, weshalb sich alle im Fernsehen präsentieren wollten.

Eigenartigerweise hatte er das Gefühl, Marie-Alix würde sich mit der Idee seiner Rückkehr besser abfinden als er selbst.

»Wissen Sie«, sagte sie eines Tages lächelnd, »wir Kablunak-Frauen sind es doch gewohnt, allein zu leben. Und dann haben wir immer eine solche Menge zu tun, dass das Alleinsein manchmal gar nicht so unpraktisch ist. Man kommt dabei doch auch so schön zur Ruhe.«

»O Einsamkeit, aus dir geheimer Balsam quillt …«

»Woher ist denn das?«

»*Der Traum eines Bewohners des Mogulreiches*. Eine Fabel von La Fontaine.«

»Unglaublich. Sie kennen ja sogar Fabeln, die sonst keiner gelesen hat. Und was steht da noch?«

»Blieb nach des Deuters Spruch für eigne Worte Zeit,
so säng' ich euch das Lob der Abgeschiedenheit.
Wer sie verehrt, dem schenkt sie Wonnen ohne Pein.
Bei jedem Schritt trifft er auf Himmelsgaben rein.
O Einsamkeit, aus dir geheimer Balsam quillt …«

»Ach, mein Ulik, du bist wirklich ein solcher Schatz.«

Und sie küsste ihn. Zum ersten Mal hatte sie ihn geduzt.

Zum Dank dafür, dass Charles einen so vorteilhaften Vertrag für ihn und seinen Stamm ausgehandelt hatte, brachte Ulik ihm ein unbearbeitetes Stück Narwalzahn mit, als sie sich wieder einmal im Café gegenüber trafen. Charles begriff die Absicht sofort: »Daraus kann ich mir ja Manschettenknöpfe anfertigen lassen!«

»Oder schönen Schmuck für die Dame des Herzens.«

»Fragt sich bloß, für welche …«

Als Ulik eines Abends in die Wohnung gekommen war, hörte er, dass im Wohnzimmer ein Gespräch im Gange war. Es waren Charles und Marie-Alix, aber diesmal schienen sie sich nicht zu streiten. Sie verstummten, als Ulik eintrat, aber er hatte Marie-Alix gerade noch sagen hören: »Einfach so ins Blaue hinein lässt sich das nicht entscheiden.«

Eines Morgens tauchten die Fotos von Ulik und der
Bärin an allen Plakatwänden der Stadt auf. In den Ma-
gazinen, den Tageszeitungen. Und dazu las man den
Slogan: »Ulik und seine Eisbärin. Wenn wir für Sie nach
Öl bohren, denken wir an die beiden.«

Marie-Alix erklärte Ulik, dass vor ziemlich langer
Zeit eine konkurrierende Ölgesellschaft dieselbe Art
von Werbekampagne mit einem energiegeladenen Ti-
ger gestartet hatte, aber damals war es vor allem darum
gegangen, dass die Leute Auto fahren und noch mal
Auto fahren sollten.

»Das würde heute nicht mehr funktionieren. Heute
muss jeder Konzern etwas für sein ökologisches Image
tun«, sagte sie und berichtete von den schwarzen Öl-
fluten an den Küsten, und auch vom Loch im Ozon-
mantel und der Klimaerwärmung.

Da erinnerte sich Ulik, dass nach den Berichten
der Alten der Gletscher von Igloolik Jahr für Jahr
schrumpfte und das Packeis weniger weit reichte als
früher. Es schien ihm seltsam, dass es einen Zusam-
menhang geben sollte zwischen jenen Veränderungen
im Land der Inuit und der Tatsache, dass in Paris Hun-
derttausende mit dem Auto zur Arbeit fuhren.

Trotz des Ozonlochs bewegte sich Ulik seit dem Start
der Werbekampagne nur noch im Taxi oder in Marie-
Alix' Wagen fort. Anders wäre er gar nicht mehr voran-

gekommen, weil er andauernd Autogramme geben musste. Er ließ sich im Hotel absetzen, wo sein Zimmer noch immer für ihn reserviert war und die Blumen auf dem Couchtisch täglich erneuert wurden, und das alles auf Kosten des Konzerns. Es war ein bisschen so, als ob er zusätzlich zu seinem Iglu im Dorf noch einen Jagdunterschlupf gehabt hätte.

Natürlich traf er sich wieder mit Jacinthe.

»Du bist ganz schön berühmt geworden, mein einzigartiger Inuk«, sagte sie.

Sie saßen beiden in Bademänteln und kosteten von dem, was sie beim Room-Service bestellt hatten. Heute waren es Spargel, Langusten und Erdbeeren.

Mit Jacinthe war es anders als mit Marie-Alix. Sie hatte ungefähr sein Alter, und so fürchtete er weniger, ungeschickt oder unwissend zu wirken, obgleich Marie-Alix ihm gegenüber wirklich eine unendliche Nachsicht an den Tag legte. Er fragte sich, ob sie etwas ahnte von seinen heimlichen Begegnungen mit Jacinthe, und hatte ein schlechtes Gewissen, obwohl es ihm so vorkam, als ob diese Begegnungen nichts an seiner Liebe (denn so musste man es wirklich nennen) zu Marie-Alix ändern konnten. Er wusste aber, dass die Kablunak-Frauen für solche Argumente kein offenes Ohr hatten, ebenso wenig wie die Inuit-Frauen übrigens. Und genauso schlecht ertrug er es ja, dass Charles Marie-Alix besuchte … Doch wie sollte es einem Mann möglich sein, treu zu bleiben, wenn er in einer Stadt lebte, wo er Tag für Tag eine Menge neuer Frauen kennenlernte, mit denen man sich heimlich in Tausenden verfügbarer Zimmer treffen konnte? Im Land der Inuit war nichts von alledem vorstellbar. Er erinnerte sich an seine Lesestunden mit Capitaine Tremblay und an die Art und Weise, in der die Prinzessin von Clèves gegen die Versuchung ankämpfte, dem Herzog von Nemours in die Arme zu sinken: Sie vermied es ganz einfach, ihm unter vier Augen zu begegnen. Ganz wie im Land der Inuit, wo es unmöglich war, dass man ein Rendezvous hatte, ohne dass jemand etwas davon mitbekam. »Das Packeis ist die Heimat der Tugend«, dachte er bei sich.

Florence und Marie-Alix sahen Uliks Post durch. Die meisten Briefe waren von sehr jungen Frauen oder kleinen Jungs geschrieben worden. Sie schickten ihm Fotos, auf denen er mit der Eisbärin zu sehen war, und baten um Widmungen oder wollten sich mit Ulik treffen. Jeden Vormittag verbrachte er zwei Stunden damit, ihnen zu antworten. Aber es gab auch sehr bewegende Briefe.

Manche Leute erzählten ihm auf kleinkariertem Papier ihr ganzes Leben. Zahlreiche Frauen baten um ein Rendezvous. Kinder schickten ihm Bilder oder baten ihn, sie mitzunehmen in das Land der Eskimos und Eisbären. Personen jeden Alters schrieben, es habe sie einfach nur glücklich gemacht, ihn mit der Bärin zu sehen. Florence sagte, eine Menge Leute würden beim Fernsehsender anrufen, weil sie wissen wollten, zu welchen Zeiten der Werbespot mit Ulik ausgestrahlt wurde.

Es gab aber auch seltsame, sogar aggressive Briefe. Zuerst hatte Florence sie Ulik gar nicht zeigen wollen, aber Marie-Alix hatte darauf bestanden.

»Ihre Äußerungen über die Frauen dürften gegenwärtig bei den Taliban und anderen Bartträgern Beifall finden. Mit Ihrem netten Gesicht jubeln Sie uns unversehens die alte Macho-Leier unter, gegen die jede Generation von Frauen neu ankämpfen muss.«

»Sie haben sich an die globale Ölmafia verkauft, Sie sind

eine Schande für Ihr Volk und, man muss es sagen, für die ganze Menschheit. Sie sind ein schmieriger Ölfleck auf dem Eisbärenfell!«

»Wir haben die Nase voll von Eskimos, von Indianern und von Pygmäen. Kratz Deine sogenannte Weisheit zusammen und schaff sie dorthin, wo sie niemals hätte hervorkriechen sollen – ab ins Eisloch!«

»Ich habe genau bemerkt, dass Sie mein verschollener Sohn sind. Während Sie sprachen, haben Sie mir ja auch eine persönliche Botschaft übermittelt. Komm jetzt zurück, Philippe, Du darfst Deine Mutter nicht alleinlassen!«

»Verehrter Monsieur, durch Sie habe ich im Fernsehen endlich mal wieder vernünftige Worte gehört. Unserem Land muss es ziemlich dreckig gehen, wenn wir schon einen Abgesandten der Inuit brauchen, um an ein paar Grund-wahrheiten über Männer und Frauen erinnert zu werden.«

»Ulik und die Bärin, keinen Gedanken verschwende ich an die beiden – vor allem, wenn sie nur dazu dienen, dass die Kasse klingelt. Bringt doch dem Bären das Radfahren bei, das verpestet wenigstens die Umwelt nicht.«

»Stimmt es, dass die Inuit-Frauen sexuell sehr befreit sind? Seit zwei Jahren in Rente, widme ich meine Zeit der Entdeckung anderer Kulturen. Ich möchte gern wissen, ob es möglich wäre, in Ihre Region zu reisen. Kennen Sie Reise-veranstalter, die so etwas anbieten? Wenn ja, welcher ist der vertrauenswürdigste?«

»Glückwunsch, Ulik, Sie haben diesen Emanzen aber ordentlich eine reingedonnert! Wird Zeit, dass die sich ein bisschen zurückhalten. Im Namen aller richtigen Kerle sende ich Ihnen ein dreifaches Hurra!«

»Ihre Worte werden allen Ländern als Alibi dienen, in denen man die Frauen noch wie Sklavinnen behandelt. Und

*wenn Sie ein wenig herumreisen würden, könnten Sie
sehen, dass es auf der Welt noch viele solche Gegenden gibt.
Treten Sie also mal aus Ihrer Pose des edlen Wilden heraus,
und schauen Sie sich außerhalb Ihres Kokons um. Monsieur
Macho-Eskimo, Sie zu hör'n, macht uns nicht froh.«*

Manche dieser Briefe brachten Ulik zum Lachen, andere waren ihm unverständlich, und er musste Marie-Alix um Erklärung bitten. Zwei Arten von Briefen jedoch machten ihm tatsächlich Sorgen: jene, die ihn beschuldigten, dem Ölkonzern seine Seele verkauft zu haben, und mehr noch jene anderen, die ihn als Feind der Kablunak-Frauen anklagten.

Es war an der Zeit, mit Thibault darüber zu sprechen.

Thibault schien es viel besser zu gehen als beim letzten Mal. Offenbar hatte er sich von dem schmerzlichen Telefongespräch erholt. Und vielleicht war es ihm sogar geglückt, die Frau zur Rückkehr zu bewegen? Sie saßen wieder in dem Café, in dem sie sich beim ersten Mal unterhalten hatten, aber diesmal hatte Thibault einen Whisky bestellt, und so hatte Ulik keine Hemmungen, sich Weißwein kommen zu lassen.

Thibault las die Briefe, die Ulik ihm mitgebracht hatte, aufmerksam durch.

»Na schön«, meinte er schließlich, »kein Grund zur Beunruhigung. Es ist ganz normal, wenn sich manche Frauen über das, was du gesagt hast, aufregen.«

»Aber warum? Ich wollte niemanden verärgern.«

»Nein, aber du bist, ohne es zu merken, zwischen die Fronten geraten, mein lieber Ulik.«

Ulik hatte stets darauf geachtet, unnützen Kämpfen aus dem Weg zu gehen, selbst solchen, die er mit Sicherheit gewonnen hätte, denn wenn man ein ganzes Leben immer im selben Stamm bleiben muss, kann man es sich nicht leisten, zu viele Ressentiments zu schüren. Die Vorstellung, unabsichtlich in einen Kampf mit Hunderten oder gar Tausenden unbekannter Frauen geraten zu sein, erschreckte Ulik zutiefst.

»Sieh dir mal den letzten Brief an, den mit den Sklavinnen. Es stimmt, auf der Welt gibt es noch eine Menge Orte, an denen Frauen so behandelt werden.«

»Aber doch nicht bei den Inuit?!«

»Natürlich nicht. Aber sonst beinahe überall auf der Welt.«

Und Thibault erklärte Ulik, was Zwangsehen sind, Beschneidungen von Mädchen, Ehrenmorde und Studier- oder Ausgehverbote für junge Frauen.

»Aber mit diesen Leuten habe ich nichts zu schaffen!«

»Natürlich nicht, aber es funktioniert ein bisschen so wie im Krieg. Die Menschen verkrampfen sich. Wer nicht für uns ist, der ist unser Feind … Das ist so ein Reflex. Sobald du ansprichst, dass Männer und Frauen vielleicht nicht dafür geschaffen sind, exakt die gleichen Rollen auszufüllen, beschuldigt man dich schnell, die Frauen wieder ins Sklavendasein zurückstoßen zu wollen.«

Ulik verspürte eine neuartige und heftige Lust, in seine Heimat zurückzukehren: Die Welt der Kablunak war einfach zu kompliziert für ihn.

Thibault bestellte sich noch einen Whisky, und Ulik nahm ein zweites Glas Weißwein.

»Und ›Macho‹, was soll das bedeuten?«

»Wie kann ich dir das erklären? Macho heißt so viel wie … wie …«

Thibault zögerte.

»… vielleicht wie ›ein Mann, der den Frauen gefällt‹?«, sagte er schließlich und musste selbst darüber lachen. Dann erklärte er wirklich, was Macho bedeutete, und es schien Ulik, als sei die Beschreibung für ihn selbst ziemlich zutreffend.

»Nun ja«, meinte Thibault zum Schluss, »heute ist Machismo nicht mehr in Mode. Jetzt verlangen die Frauen, dass man ihnen zuhört, sie wegen ihrer beruflichen Sorgen bemitleidet, dass man zärtlich zu ihnen ist und auf ihre Bedürfnisse achtet, während man gleichzeitig bereit sein soll, über die eigenen jederzeit zu verhandeln. Sie wollen, dass man die Hausarbeit mit ihnen teilt und bereitwillig über Beziehungsprobleme diskutiert, wenn sie irgendwie nervös sind. Und sie möchten, dass man ihnen immerzu sagt, was man denkt, selbst wenn man keine Lust darauf hat. Das ist es, was sie wollen – oder zumindest, was sie von einem verlangen! Denn zu alledem widersprechen sie sich ständig …«

Er redete sich regelrecht in Rage, und Ulik sagte sich, dass er sicher auf eine ganz bestimmte Frau aus seiner Bekanntschaft anspielte.

»Und am allerschönsten ist noch«, sagte Thibault, »am allerschönsten ist, dass man am Ende sitzengelassen wird, wenn man diesem tollen Programm folgt!«

»Gibt es denn keine richtig netten Frauen mehr?«

»Doch, natürlich, im Grunde sind es ja die allermeisten. Aber sie sind auch härter geworden. Ein anderes Problem ist, dass die Männer reichlich … verantwortungslos geworden sind, wie man früher gesagt hätte. Ich kenne einige wunderbare Frauen, die sitzengelassen wurden, manchmal mitsamt den Kindern, weil die Männer eine Neue gefunden haben, die ihnen momentan aufregender vorkam …«

»Aber wenn es viele alleinstehende Frauen gibt, muss es doch auch viele alleinstehende Männer geben!«

»Ja, aber die haben nicht das gleiche Persönlichkeitsprofil. Allein bleiben häufig die besonders Schüchternen. Oder die sozial Benachteiligten … Oder aber Männer wie Jean-Robert, die den Frauen gefallen und am liebsten von einer Blüte zur nächsten flattern.«

Ulik musste an Marcel denken, der ganz allein auf dem Lande lebte. Anders als bei den Inuit schien es hier keine hoch geschätzte Spezialisierung zu sein, wenn man sich mit dem Leben der Wildtiere auskannte und sich um sie kümmerte.

»Je höher eine Frau qualifiziert ist«, redete Thibault weiter, »desto mehr riskiert sie, ledig und kinderlos zu bleiben. Bei Männern ist es umgekehrt. Eine hübsche Sekretärin wird es letztendlich immer leichter haben, unter die Haube zu kommen, als eine junge Frau mit Studium, die höhere Ansprüche hat und etlichen Männern Angst einjagt. Was eine Menge über die männliche Libido verrät …«

Thibault nahm den letzten Schluck von seinem Whisky.

In diesem Moment klingelte sein Mobiltelefon. Der Pianist schaute auf die angezeigte Telefonnummer und schien einen Augenblick zu zögern, ehe er sich meldete.

»Ah, du bist's … Nein, ich sitze mit Ulik zusammen … Ja … Aber natürlich … In Ordnung … Bis gleich.« Ulik sah, dass Thibault ein verlegenes Gesicht machte.

»Ähm … Das war Géraldine.«

»Geht es um eine Klavierstunde?«

»Ja«, sagte Thibault. »Bitte lach nicht.«

209

Rivière du loup
Québec

Lieber Ulik,
dieser Brief wird Sie erstaunen, denn Sie kennen mich nicht.
Ich aber habe Sie wiedererkannt, als ich Ihre Geschichte in
den Zeitungen las – jetzt, wo Sie gemeinsam mit der reizen-
den Bärin in der Werbekampagne auftreten.

Ich bin die Schwester des Mannes, den Sie in Ihrer Kind-
heit unter dem Namen Capitaine Tremblay kannten und der
in jener Wetterwarte arbeitete, die man neben Ihrem Dorf
eingerichtet hatte.

Nach seiner Rückkehr hat mir mein Bruder viel von
Ihnen berichtet: von Ihren täglichen Besuchen, von seiner
Methode, Ihnen unsere Sprache beizubringen, indem er
La Fontaines Fabeln erzählte, und von Ihrer Neugier auf
alles, was unsere Welt betraf.

Er hatte eine starke Bindung zu Ihnen entwickelt, genau
wie wahrscheinlich auch Sie sich ihm verbunden fühlten.
Oft habe ich gespürt, dass er sich Ihretwegen quälende
Sorgen machte.

Er warf sich vor, Sie nicht mitgenommen zu haben, denn
er wusste, wie schwierig Ihr Leben als Waisenkind sein
würde. Aber der Gedanke daran, dass Sie bei uns niemals
glücklich werden würden, hatte ihn davon abgehalten. Die
Geschichte anderer Inuit-Kinder, die man aus ihrer Heimat
fortgerissen hatte, war ihm ein warnendes Beispiel gewesen.

Ich versuchte ihn zu trösten: Wenn Sie schon als Kind fähig waren, bei ihm und seinen Leuten Hilfe zu suchen, würden Sie später auch andere Schicksalsprüfungen meistern. Daher hat es mich so glücklich gemacht, Ihre Geschichte zu lesen und zu entdecken, was für ein prächtiger junger Mann aus Ihnen geworden ist.

Mein Bruder lebt leider nicht mehr. Vor zehn Jahren ist er bei einer Mission umgekommen, über die man mir keine Einzelheiten mitgeteilt hat. Hingegen habe ich die Befugnis, Ihnen mitzuteilen, dass die meteorologische Station Ihrer Kindertage in Wahrheit ein geheimer Radarstützpunkt war, von dem aus die Bewegungen der sowjetischen Untersee- boote überwacht werden sollten.

Ich habe gezögert, Ihnen zu schreiben, weil ich mich fragte, ob ich das Recht habe, Ihnen das Ableben eines Menschen mitzuteilen, der so wichtig für Sie war.

Aber ich bin gläubig, und ich sage mir, dass mein Bruder, egal wo er jetzt weilen mag, seine Ruhe gefunden haben wird, wenn er von Ihrem günstigen Schicksal erfahren hat.

Und so verbleibe ich auch in seinem Namen mit herzlichen Grüßen und besten Wünschen.

Nachdem er den Brief erhalten hatte, trank Ulik immer häufiger. Jedes Mal, wenn er sich mit Jacinthe traf, ließ er mit dem Essen eine Flasche Weißwein aufs Zimmer kommen, meistens einen Sancerre, und immer öfter musste er eine zweite Flasche bestellen, ehe sie beim Dessert angelangt waren, und das, wo Jacinthe niemals mehr trank als ein, zwei Gläser.

»Mein einzigartiger Inuk«, sagte sie ihm eines Tages, »ich glaube, dass du ein bisschen zu oft zur Flasche greifst.«

Das stimmte, aber trotzdem ärgerte es ihn, dass sie es auf diese Art sagte. Eine Inuit-Frau hätte es verstanden, sich viel diplomatischer auszudrücken, zum Beispiel so: »Komisch, früher hat uns eine Flasche gereicht, jetzt brauchen wir zwei.«

»O je, ich habe meinen Inuk gekränkt«, sagte Jacinthe kurz darauf, als sie spürte, wie griesgrämig er war.

Aber es war schon zu spät, um seine schlechte Stimmung aufzuhellen. Plötzlich wünschte er sich, sie möge fortgehen. Weil Jacinthe sehr empfindliche Antennen hatte, sagte sie bald von sich aus, dass sie aufbrechen müsse.

»Wohl noch ein Kunde?«, fragte er.

Sie hatte ihm gerade den Rücken zugewandt, um ihre langen Haare zu ordnen, eine Geste, die er mochte, und nun sah er, wie sie für einen Augenblick erstarrte. Seit Langem waren sie nicht mehr auf Jacinthes Beruf zu sprechen gekommen. Sie drehte sich um, und er erkannte in ihren Augen den gleichen Ausdruck wie in Adèles Augen, als der Mann im weißen Overall während der Fernsehsendung seine verletzenden Bemerkungen gemacht hatte.

»Ich hätte sogar schon früher gehen sollen«, sagte sie.

Als er allein im Zimmer saß, begann Ulik sich über sich selbst zu ärgern. Was war nur los mit ihm?

Dann wurde er richtig zornig auf sich selbst. Er bestellte eine dritte Flasche und leerte sie, während er sich im Fernsehen *Herz trifft Herz* anschaute. Jetzt fühlte er sich ein wenig besser.

Als er auf die Straße trat, wartete eine Überraschung auf ihn: Es schneite. Zum ersten Mal sah er den Schnee im Land der Kablunak. Er öffnete den Mund, um den Geschmack der Flocken auf seiner Zunge zu spüren, um einen Sinnesreiz wiederzufinden, eine Erinnerung. Es musste schon eine Weile geschneit haben, denn auf den Fahrzeugen und den Gehwegen lag bereits ein dünner weißer Teppich, und auf ihm zeichneten sich die Fußspuren der wenigen Passanten in diesem ruhigen Viertel ab. Plötzlich schien Ulik alles schöner geworden zu sein, er fühlte in seinem Herzen einen verliebten Schwung für die Welt, die Kablunak, sogar für Jacinthe, und es tat ihm leid, sie gekränkt zu haben.

Er beschleunigte seinen Schritt und sog mit Freude die kalte Luft ein.

Mit einem Mal war er auf dem weiten Platz angelangt, von dem er geträumt hatte. Auch an diesem Abend herrschte hier ein enormes Gedränge von Autos, und ganz hinten sah man jene herrlichen großen Springbrunnen, die jetzt eine Haube aus Schnee trugen.

Als Ulik die Brunnenfiguren erblickte, sehr schöne unbekleidete Frauen inmitten von wasserspeienden Pferden und Delphinen, fühlte er sich im Innersten ergriffen. Sie waren wundervoll, und er spürte, dass der Geist der Drachen und Pferde in ihnen steckte. Er wollte noch näher an sie heran, wollte sie umarmen …

Weil die im Stau ausharrenden Autos ihn am Vorwärtskommen hinderten, schwang er sich ohne Zögern und ganz wie von selbst auf eines der Fahrzeuge und sprang dann von einer Motorhaube aufs nächste Dach und von einem Dach auf die nächste Motorhaube, wie ein Inuk, der von einer Eisscholle zur nächsten springt. Überall um ihn herum begannen die Hupen zu ertönen, als wollten sie seinen Wagemut feiern. Er gelangte an den größten der Springbrunnen, grüßte die Frauen, die riesigen Rösser und die Delphine, und dann setzte er sich mitten unter sie in das Wasserbecken, um dem Schnee dabei zuzuschauen, wie er auf die Stadt fiel.

Kurz darauf erwachte er in einem kleinen, schmutzigen Zimmer, dessen Fenster mit Eisenstangen versperrt war. Die vergitterte Tür öffnete sich, und Marie-Alix erschien in Begleitung eines Polizisten.

»Mein armer Ulik«, sagte sie.

Und sie streckte ihm die Arme hin wie einem Kind, das man wiedergefunden hat, und jetzt fühlte er sich gar nicht mehr wie ein stolzer Inuk.

Marie-Alix und Ulik sprachen immer weniger miteinander. Sie liebten sich auch seltener.

Während Ulik den Eindruck gewann, immer mehr zur Familie zu gehören, fühlte er zugleich, wie der verliebte Schwung nachließ und Marie-Alix und er sich nicht mehr so stark zueinander hingezogen fühlten. Er beschloss, mit ihr darüber zu reden, ganz nach Art der Kablunak, wie er es oft in jener Serie verfolgt hatte, die er sich morgens anschaute. Männer und Frauen, die ihr Wohnzimmer niemals zu verlassen schienen, versuchten unaufhörlich, ihre Probleme mit der Liebe zu lösen, und stellten sich dauernd Fragen über ihre Beziehung.

»Marie-Alix, wir lieben uns nicht mehr so oft wie früher.«

Sie standen in der Küche, und Marie-Alix schlug gerade Mayonnaise für Thomas, der gern welche auf seinem Baguette mochte.

»Ich weiß nicht, ob ich gern darüber reden möchte«, sagte sie.

»Marie-Alix, ich will begreifen, was mit uns los ist. Wie steht es mit unserer Beziehung?«

Sie schaute ihn an und sagte: »Du siehst zu viele schlechte Filme!«

Also wirklich, immer hatten die Kablunak-Frauen einem etwas vorzuwerfen! Man trank zu viel, man schaute zu viel fern. Kablunak-Frauen waren sehr raffiniert in ihrer Kleiderwahl, aber sehr wenig raffiniert in ihrer Art, einen Mann zu kritisieren.

Marie-Alix sah, dass sie ihn verärgert hatte, und fing sich schnell: »Ulik, es tut mir leid.«

Sie ging zu ihm hinüber und streichelte seine Wange. Aber im selben Augenblick veränderte sich ihr Blick schon wieder: »Oje, meine Mayonnaise fällt zusammen!«

Und mit einem Satz war sie an ihre Arbeit zurückgekehrt.

Später, als Juliette und Thomas gegangen waren, fanden sie sich im Bett wieder, und diesmal begann Marie-Alix das Gespräch. Dies war einer der wenigen Augenblicke, in denen sie noch miteinander redeten – nachdem sie einander geliebt hatten.

»Macht sich mein kleines Geschenk des Nordens Sorgen?«

»Ein bisschen weniger als vorher«, sagte Ulik lächelnd, und Marie-Alix boxte ihn mit der Faust zum Spaß in die Seite.

»Ihr seid doch alle gleich! Ihr denkt an nichts anderes.«

»Da sind wir nicht die Einzigen.«

»Aber es gibt einen gewaltigen Unterschied. Bei uns kommt die Lust phasenweise, aber ihr denkt pausenlos daran.«

»Und in welcher Phase fühlst du dich gerade?«

Ein paar Augenblicke lang antwortete sie nicht.

»Ich glaube, mein Körper spürt, dass du fortgehen wirst«, meinte sie schließlich. »Also beginnt er sich darauf vorzubereiten.«

»Marie-Alix …«

Er nahm sie in die Arme und drückte sie an sich, und wieder spürte er ihre Tränen an den Wangen – und diesmal auch seine eigenen.

Lieber Ulik,

vielleicht erinnern Sie sich noch an mich? Wir sind uns vor einigen Wochen in der Fernsehshow begegnet. Sie wollten mich verteidigen, und ich habe erst hinterher gemerkt, dass ich falsch darauf reagiert habe, indem ich Ihnen weder im Studio noch nach der Sendung meine Dankbarkeit gezeigt habe.

Gemeinsam mit ein paar Freundinnen möchte ich Sie nun gern zu einem Gespräch treffen. Wir denken, dass unser Standpunkt für Sie interessant sein könnte, und es wäre uns ein Vergnügen, auch Ihre Sichtweise noch besser kennenzulernen.

Wenn Sie einverstanden sind, dass wir Sie zum Abendessen einladen, rufen Sie mich doch bitte unter folgender Nummer an …

Und jetzt saß Ulik mit einer Handvoll junger Kablunak-Frauen und einem nett aussehenden jungen Mann um einen Wohnzimmertisch. Er war ohne Marie-Alix erschienen, denn inzwischen fühlte er sich unbefangen genug, um auch allein zurechtzukommen. Das Taxi war eine ganz schöne Weile unterwegs gewesen, und Ulik hatte beobachtet, wie sich die Stadt änderte und auf den Straßen lauter Leute unterwegs waren, die nicht so richtig wie Kablunak aussahen und weniger elegant gekleidet waren als in Marie-Alix' Viertel. Die Wohnung, in welcher er sich jetzt befand, lag irgendwo in den obersten Etagen eines Wohnblocks, und als Ulik aus dem Fenster schaute, war er erschrocken über die Umgebung: große Wohntürme, rauchende Fabrikschlote und Schnellstraßen, so weit das Auge reichte.

»Ulik«, begann Adèle, »auch wenn die Diskussion möglicherweise kontrovers verlaufen wird, wir haben nichts gegen Sie persönlich, darüber sind wir uns einig.«

»Im Gegenteil«, sagte Alex, der junge Kablunak mit Bärtchen, »wir empfinden viel Respekt und Bewunderung für Sie …«

Diese Leute machten zwar einen sympathischen Eindruck, aber Ulik war nicht klar, wie sie ihn bewundern konnten; sie hatten ihn doch niemals jagen oder kämpfen sehen.

»Schließlich zählen Sie zu den letzten Menschen, die noch leben, ohne die Erde zu zerstören.«

»Und gerade deshalb ist es so traurig, dass Sie sich von diesem Ölkonzern manipulieren ließen«, sagte eine andere junge Frau – Samira, wenn Ulik richtig verstanden hatte.

Er hatte sie sofort bemerkt: Sie war sehr hübsch, eine große Dunkelhaarige mit Mandelaugen und einer langen Nase, aber gekleidet hatte sie sich ganz reizlos.

»Samira, das ist doch hier kein Tribunal.«

»Nein, aber sagen muss man es ihm trotzdem mal.«

»Auf der Tagesordnung stehen heute wir, die Frauen«, sagte Adèle. »Ulik wird sicher noch einmal fürs Fernsehen oder die Presse interviewt, und da sollte er auch unseren Standpunkt erfahren haben.«

»Absolut«, sagte Catherine.

Sie war eine etwas füllige Blondine und hatte ein rundes Gesicht, das Ulik trotz der hellen Augen, die immer ein wenig verschreckt wirkten, an manche Inuit-Frauen erinnerte. Mit Samira war sie offenbar eng befreundet, denn sie hörte ihr voller Bewunderung zu und wagte selbst kaum zu sprechen. Es schien sie einige Anstrengung gekostet zu haben, »absolut« zu sagen.

»Gut«, sagte Adèle, »Mathilde, willst du anfangen?«

Mathilde war eine sehr kleine Rothaarige mit kurz geschnittenem Haar. Man hätte sagen können, in ihr steckte der Geist eines Mannes oder vielmehr der eines rebellischen kleinen Jungen, während sie mit sicherer und ein wenig rauer Stimme sprach.

»Unser Standpunkt ist, dass sämtliche Beziehungen zwischen den Geschlechtern von jeher auf der Gewalt basieren, die man den Frauen antut. Sie sind seit Jahrtausenden daran gewöhnt, sich zu fügen und zu unterwerfen, bloß damit man sie nicht verstieß oder tötete. In weiten Teilen der Welt läuft das übrigens immer noch so. Aber heute haben sie endlich die Gelegenheit, sich wirklich zu befreien, und diese Chance dürfen sie nicht verstreichen lassen.«

»Du solltest konkreter werden«, sagte Adèle.

»Bitte schön, mach du's doch«, entgegnete Mathilde in gereiztem Ton.

»Aber nein, sprich weiter.«

»Ich mag es nicht, wenn man mich unterbricht!«, sagte Mathilde.

»Also bitte«, schaltete sich Alex ein, »wir werden uns doch vor Ulik nicht in die Haare kriegen …«

Seltsam, dachte Ulik, an diesem Tisch waren es die Frauen, die sich stritten, und die Männer dämpften die

Spannungen. Genau andersherum als im Land der Inuit, wo der missbilligende Blick der Frauen verhinderte, dass die Männer allzu oft die Fäuste fliegen ließen.

Mathilde fuhr fort: »Wir glauben, dass die Zukunft weiblich sein wird. Je mehr die Frauen dominieren, desto sanfter und gewaltloser wird die Gesellschaft, und sie wird stärker auf nachhaltige Entwicklung ausgerichtet sein.«

Ulik hatte über diese Unterschiede zwischen Männern und Frauen bereits nachgedacht, und er war einer Meinung mit Mathilde. Er erklärte, dass auch im Land der Inuk die Frauen gewissenhafter waren als die Männer, das war notwendig, um die Kleidung sorgfältig zusammenzunähen, die Nahrung zuzubereiten und die Babys großzuziehen, während die Jagd andere Vorzüge erforderte, wie sie den Männern eigen waren – Schnelligkeit, Kraft und List. Aber seltsamerweise schien diese Erklärung weder Mathilde noch den anderen jungen Frauen Vergnügen zu bereiten.

»Ja, aber das kommt, weil Sie eine machohafte Gesellschaft haben«, sagte Samira.

»Fang nicht schon wieder an«, sagte Adèle.

»Man muss das Kind doch beim Namen nennen.«

»Wir sind nicht da, um ein Urteil über Uliks Gesellschaft zu fällen«, meinte Alex. »Immerhin hat sie den Inuit ermöglicht, in einer unglaublich menschenfeindlichen Umgebung zu überleben.«

»Aber ein egalitäreres System zwischen Männern und Frauen hätte es ihnen vielleicht auch erlaubt, sich weiterzuentwickeln.«

Sie begannen sich schon wieder zu streiten. Ulik bekam immer mehr Durst, und glücklicherweise stand eine bereits entkorkte Flasche Rotwein auf dem Tisch. Er schenkte sich ein Glas ein.

»Hört mal«, meinte Adèle, »vielleicht sollten wir jetzt Ulik die Möglichkeit geben, seinen Standpunkt zu äußern.«

Der Rotwein war nicht so gut wie der im Hotel, aber er konnte sich mit ihm abfinden. Plötzlich sah er, wie sich alle Augen auf ihn richteten. Seinen Standpunkt äußern?

»Ja«, sagte Adèle. »Sehen Sie, keine der hier anwesenden Frauen lebt mit einem Mann zusammen. Dieser Gruppe verdanke ich die Anregung zu meinem Buch *Ich brauche niemanden*.«

»Und Alex?«, wollte Ulik wissen.

»Ich habe eine Freundin«, sagte Alex, »aber sie kommt nicht zu solchen Versammlungen.«

»Sie ist eine Kompromisslerin«, meinte Mathilde.

»Du übertreibst«, sagte Alex.

Und sie begannen sich von Neuem zu zanken. Die Freundin von Alex wollte offenbar mit ihm zusammenleben und ein Baby haben, und die anderen, Mathilde voran, betrachteten diese Haltung als hoffnungslos rückständig.

»Wir dürfen wirklich nicht übertreiben«, sagte Samira. »Bloß weil sie anderer Meinung ist als wir, sollten wir nicht über sie reden, als wäre sie geistig zurückgeblieben!«

Ulik begriff nicht, worauf sie hinauswollten. Warum fanden sie es entehrend, mit einem Mann zusammenzuleben? Er trank noch etwas und hörte ihnen beim Streiten zu.

»Schon die krankhafte Fixierung auf die Penetration

ist ein Zeichen für die Gewalt in den traditionellen Beziehungen zwischen Mann und Frau«, sagte Mathilde. »Es zeigt sich bereits in der Sprache. Man spricht von ›Vorspiel‹, als ob alles, was vor der Penetration passiert, weniger wichtig wäre. Das ist eine total phallozentrische Sichtweise. Und so mögen es die Männer natürlich auch – Frauen, die sich ihnen darbieten.«

»Aber ohne Penetration«, sagte Ulik, »wie zeugen Sie denn da Ihre Babys?«

Mathildes Blick streifte den seinen, und er spürte in ihr wirklich den Geist eines Mannes und sogar den eines Kriegers.

»Dazu genügt das Sperma«, sagte sie. »Wir brauchen nicht das ganze Tier, das da mit dranhängt.«

Das machte ihm ein wenig Angst. Er beschloss, lieber nicht mehr so viel zu sagen. Wenn ihre Verrücktheit bereits ein solches Stadium erreicht hatte, war nicht mehr vorauszusehen, was bis zum Ende des Abendessens noch alles geschehen konnte.

Adèle fuhr Ulik im Auto zurück durch die ausgedehnten Vorstädte.

»Ich hoffe, meine Freundinnen haben Sie nicht erschreckt.«

Zwar hatten sie ihn tatsächlich schockiert, aber ein Inuk durfte niemals zugeben, dass er Angst hatte.

»Sie haben komische Ideen«, sagte er. »Besonders Mathilde.«

»Oh, ich glaube, sie übertreibt ein bisschen. Das ist manchmal die einzige Möglichkeit, überhaupt etwas zu erreichen.«

»Mag sein, aber sie scheint wirklich an das zu glauben, was sie erzählt. ›Wir brauchen das Sperma, aber nicht das Tier, das mit dranhängt!‹ Ich frage mich, wie sie auf solche Gedanken kommen kann.«

»Ach, sicher durch ihre persönlichen Erlebnisse … Aber wenn Sie ihr das so sagen würden, wäre sie bestimmt wütend.« Und dann fügte sie lächelnd hinzu: »Vergessen Sie lieber schnell, was ich Ihnen gerade gesagt habe!«

Er schaute Adèle an. Es war seltsam. Im Fernsehen hatte sie so gewirkt, als verteidigte sie die Position von Leuten wie Mathilde, die behaupteten, Frauen könnten künftig auf Männer verzichten. Aber jetzt, in diesem Auto, schien sie viel sanfter und verständnisvoller zu sein. Sie kam ihm sogar ziemlich hübsch vor.

»Was werden Sie von alledem im Gedächtnis behalten, Ulik?«

»Ach, ich weiß nicht. Vielleicht, dass es mehr und mehr junge Männer wie Alex gibt. Freundlich, den Frauen zugetan und so weiter.«

»Und noch dazu gut aussehend.«

Dieser Satz überraschte ihn. Er hätte von einer Inuit-Frau kommen können und war erstaunlich für eine Frau, die vorgab, auf Männer verzichten zu können.

»Aber wissen Sie«, meinte Adèle, »die meisten sind nicht so. Hier zum Beispiel in den Vorstädten gibt es eine Menge junge Typen, die schrecklich zu Frauen sind. Und sogar in den schicken Vierteln gibt es nicht gerade wenig Scheißkerle.«

Sie sagte das mit trauriger Stimme, und Ulik spürte, dass sie ihnen begegnet sein musste, solchen Scheißkerlen.

»Aber jetzt kann man auf die ja verzichten«, fügte sie hinzu, als spräche sie mit sich selbst. Sie warteten an einer roten Ampel, und die Straße war ganz leer. Als die Ampel auf Grün umschaltete, gab Adèle nicht Gas. Er drehte sich zu ihr hin und sah Tränen in ihren Augen.

Und da spürte er, dass Adèle *naklik* brauchte.

»Du bist lieb«, sagte sie.

Er war ziemlich stolz, selbst einmal die Initiative ergriffen zu haben: Als er am Rand der Schnellstraße die Leuchtreklame eines Hotels gesehen hatte, das so ähnlich aussah wie das, in welches Florence mit ihm gegangen war, hatte er Adèle vorgeschlagen, dort eine Pause einzulegen. Sie hatte ein bisschen überrascht gewirkt, sich aber nicht gesträubt, als er sie an der Hand ins Zimmer und zu dem großen Bett geführt hatte.

»Du bist wundervoll«, sagte sie und drückte ihm einen kleinen Kuss auf die Brust.

Ulik wusste nicht, ob er tatsächlich wundervoll war, aber Adèle jedenfalls hatte sich als sehr zärtlich und leidenschaftlich erwiesen. Es war jammerschade, dass ein solcher Schatz an Zärtlichkeit und Leidenschaft unentdeckt blieb. Bei den Inuit wäre sie trotz ihrer leichten Fülligkeit eine sehr gesuchte Frau gewesen. Einmal mehr erschien Ulik die Tatsache, dass Millionen von Frauen wie Adèle abends ganz allein in ihren Wohnungen saßen, völlig absurd.

»Woran denkst du gerade?«

Das war schon wieder die Art von Frage, wie sie sich eine Inuit-Frau nie erlauben würde. Wenn ein Mann nicht redet, lässt man ihn in Ruhe.

»Ich habe mich gefragt, warum du allein geblieben bist.«

Sie setzte sich auf dem Bett hin. Er gewöhnte sich an

ihre großzügigen Formen, die sanft umspielt wurden vom Licht des einzigen Nachttischlämpchens.

»Du kannst es dir gar nicht vorstellen«, sagte sie.

»Was denn?«

»Es fällt mir schwer, darüber zu sprechen.«

Plötzlich sah Adèle traurig aus. Er legte den Arm um sie.

»Du kannst mir alles sagen, ich bin ja nur ein armer Inuk, weit weg von zu Hause, ich werde niemandem ein Wörtchen verraten.«

Sie lächelte.

»Also … du kannst es dir gar nicht vorstellen, wie das ist … wenn man nicht hübsch ist, aber gleichzeitig nicht auf den Kopf gefallen.«

»Aber du bist hübsch …«

»Das ist nett von dir, aber es stimmt nicht. Ich kann einen gewissen Charme haben, vor allem, wenn ich mich verliebt fühle wie jetzt gerade, aber hübsch bin ich nicht. Außerdem bin ich zu dick, und das ist hier das sicherste Mittel, um nicht mehr begehrenswert zu wirken.«

Adèle erzählte ihre Geschichte in einem Ton, als würde sie darüber lachen, aber Ulik spürte den Kummer, der sich in ihr angesammelt hatte. Er fragte sich, ob er etwas aus der Minibar holen konnte, ohne so zu wirken, als würde er ihr nicht aufmerksam zuhören. Lieber wartete man noch ein wenig damit.

»Das Problem ist doch, dass die Männer von früh bis spät lauter Schönheiten vorgeführt bekommen. Im Fernsehen, in der Werbung und in Zeitschriften – alles ist so eingerichtet, dass sie an nichts anderes mehr denken. Deshalb glaube ich, dass das Aussehen noch wichtiger geworden ist als früher.« Sie blickte Ulik an.

»Bei den Inuit wärst du sehr gefragt«, meinte er.

Sie lachte.

»Soll ich mich also dort niederlassen? Aber nein, ich bin so eine Frostbeule …« Und dann sagte sie nachdenklich: »Man behauptet zwar immer, wir hätten eine feministische Gesellschaft, aber eigentlich haben wir nur ein Paradies für Don Juan & Co. geschaffen. Niemals in der ganzen Menschheitsgeschichte war es für sie so leicht wie heute, sich eine nach der anderen an Land zu ziehen …«

Ulik musste zugeben, dass sie nicht unrecht hatte. Seit seiner Ankunft bei den Kablunak war er mit mehr Frauen im Bett gewesen als während seines ganzen bisherigen Lebens im Land der Inuit. Und dabei hatte ihn noch die Sorge zurückgehalten, Marie-Alix nicht traurig zu machen, Jacinthe nicht zu betrügen und Navaranava nicht zu verraten! Und auch sein Mangel an Erfahrung hatte ihn gebremst: Er besaß noch nicht die volle Geschicklichkeit eines Jägers, der sein Jagdgebiet seit Langem in- und auswendig kannte.

»… und nie zuvor hat man auf die Frauen einen solchen Druck ausgeübt, was ihr äußeres Erscheinungsbild betrifft. Sie müssen ihren Körper pausenlos zur Schau stellen, um zu beweisen, dass sie begehrenswert sind. Das fängt schon bei den Zwölfjährigen an.«

Adèle warf ihm noch einmal einen Blick zu, und es wirkte so, als ginge ihr ein Gedanke im Kopf herum, den sie aber nicht auszusprechen wagte. Ulik beschloss, dass nun der richtige Moment gekommen war, um die Minibar anzusteuern.

»Möchtest du Champagner?«, fragte er und brachte die beiden kleinen Flaschen.

»Oh, ja, das ist eine gute Idee.«

Sie prosteten einander zu. Adèle atmete tief durch und dann sagte sie feierlich: »Ich möchte dich um etwas Wichtiges bitten.«

»Worum denn?«

Sie zögerte noch ein wenig und sagte dann leise: »Ich hätte gern ein Kind von dir.«

Sie saß ganz nahe bei ihm, in ihrer rührenden Rundheit, und wagte ihn nicht anzuschauen.

»Versteh mich nicht falsch«, sagte sie, »ich weiß genau, dass du wieder weggehen wirst. Ich werde dich niemals mit irgendetwas behelligen. Aber du bist meine große Chance. Ich finde nie wieder einen so schönen und interessanten Mann, der mit mir ins Bett geht. Du bist meine einzige Möglichkeit, ein wunderbares, kräftiges und vielleicht sogar liebes Baby zu bekommen … und es würde gerade passen.«

Sie verstummte. Mit leicht gesenktem Kopf und niedergeschlagenen Lidern wartete sie in der sanften Haltung einer Inuit-Frau, die ihren Mann gerade um etwas gebeten hat.

Und so wurde Ulik im Land der Kablunak Vater.

Thibault war zu Thomas' Klavierstunde nicht erschienen, und so rief Ulik ihn an. Er hatte den Eindruck, ihn geweckt zu haben, und dabei war es drei Uhr nachmittags.

»Ah, Ulik … wie geht's?«

Thibault hörte sich fröhlich und zugleich einigermaßen verschlafen an. Ulik erklärte, dass sie sich treffen müssten, es gäbe Wichtiges zu bereden, und der Pianist lud ihn zu sich nach Hause ein.

Im Bademantel öffnete Thibault die Tür, und seine Haare waren noch feucht und verstrubbelt. Ulik roch sofort, dass ein bestimmtes Parfüm in der Luft lag – das von Géraldine. Thibault wohnte unter dem Dach, und die Zimmerdecke war schräg – fast so wie in einem Iglu, dachte Ulik. Der Pianist zog die einen Spaltbreit geöffnete Tür zum Nebenzimmer zu, wo Ulik den Rand eines ungemachten Bettes erspäht hatte.

»Sie schläft«, sagte Thibault.

Ulik fiel das Klavier auf, das mitten im Raum thronte und hier noch viel größer wirkte als im Wohnzimmer von Marie-Alix.

»Und ist die Klavierstunde gut gelaufen?«

Thibault lachte, aber man konnte auch sehen, dass er ein wenig verlegen war.

Er öffnete ein kleines Möbelstück aus beinahe rotem Holz, und Ulik sah voller Staunen, dass es nichts enthielt als Gläser und eine Menge verschiedener Flaschen. Thibault mixte zwei Sea Breeze und begann zu erzählen.

»Eigentlich läuft es auf eine Art Tausch hinaus. Erst die Klavierstunde und hinterher … das Schlafzimmer.«

Ulik fand, dass dies ein exzellenter Tauschhandel war, viel besser als jener, den die ersten Kablunak-Fischer im hohen Norden eingerichtet hatten.

»Ich habe ihr erklärt, dass ich immer noch in eine andere verliebt bin, und sie hat gesagt, sie verstehe, dass sie nicht zu viel verlangen dürfe …«

Thibault ging ins Badezimmer und kam in Hemd und Hose zurück; seine nackten Füße steckten in Frotteepantoffeln.

»Na gut«, sagte er, »und jetzt erzähl du, was aus deiner Abendeinladung geworden ist.«

Ulik berichtete von all den seltsamen Dingen, die er bei Mathilde, Samira, Adèle und den anderen gehört hatte.

»Na«, sagte Thibault, »da hast du ja wirklich die Hundertprozentigen getroffen. Andererseits sind die ja nur eine extreme Variante von dem, was wir tagtäglich zu Hause erleben.«

Thibault lachte, als ob er einen besonders guten Witz gemacht hätte. Er hatte sich in letzter Zeit ein bisschen verändert. Er schien sich dessen, was er sagte, viel sicherer zu sein, und gleichzeitig hätte man meinen mögen, dass er Lust bekommen hatte, sich über alles lustig zu machen.

Ulik berichtete vom restlichen Abend mit Adèle und von ihrer bescheidenen Anfrage. Thibaults Augen begannen feucht zu glänzen, als er diese Geschichte hörte.

»O mein Gott«, sagte er, »arme Adèle. Es gibt Millionen Frauen wie sie. Nicht sexy genug, um einen Mann besonders zu interessieren, aber ausreichend intelligent, um kompliziert zu sein. Es ist furchtbar …«

Er schenkte sich ein Glas Weißwein ein.

»Verdammt noch mal, vor einem Jahrhundert hätte sie sich auf dem Dorf einen Mann geangelt, und er hätte sie schön gefunden, weil er noch nicht von Kindesbeinen an durch Tausende von Bildern schlanker und hinreißender Frauen geprägt gewesen wäre.«

»Bei uns läuft es immer noch so.«

»Aber natürlich! Mein lieber Ulik, ich erlebe mein Glas … pardon … ich erhebe mein Glas auf das Glück der Inuit, auf ihr System, das einen nicht verrückt macht, und auf dein ungeborenes Kind, das du in unserem Hoheitsgebiet zurücklassen wirst. Komm, das muss begossen werden!«

Und dann tranken sie.

»Das Problem ist«, sagte Thibault, »dass ich Géraldine heute wohl zum letzten Mal … eine Klavierstunde gegeben habe.«

»Verstehst du dich nicht mehr mit ihr?«

»Doch, ganz im Gegenteil.«

Und Thibault erklärte ihm, dass Géraldine bei jeder ihrer Begegnungen ein wenig mehr von ihrer Vergangenheit enthüllt hatte. Offensichtlich war Géraldines Geschichte nicht gerade lustig, noch weniger als die von Jacinthe.

»Ich weiß, dass ich vertrauliche Mitteilungen magisch anziehe«, meinte Thibault seufzend. »Aber jetzt kann ich sie nicht mehr einfach als fröhliche Kurtisane betrachten, die nur zu meinem Vergnügen kommt. Was ich über ihre Vergangenheit weiß, bringt mich nicht gerade in Form. Andererseits möchte ich sie auch nicht verärgern …«

»Du könntest ihr *naklik* spenden.«

In diesem Augenblick hörte man etwas summen. Es war Thibaults Mobiltelefon, das auf dem Couchtisch lag. Er griff danach, blickte auf die Nummer des Anrufers und erstarrte. Er ließ es weiter summen und dann richtig klingeln. Schließlich verstummte das Telefon.

»Gut«, sagte er. »Gut.«

Dann hörte er sich die Nachricht an. Eine Mischung aus Freude und Beunruhigung erschien auf seinem Gesicht.

»Gut«, sagte er noch einmal. »Das war sie …«

Aus seinem Benehmen begriff Ulik, dass es sich um die Frau handelte, mit der Thibault damals am Telefon gesprochen hatte.

»… sie will mit mir reden. Sie sagt, sie möchte wissen, was ich so treibe …«

Er schaute Ulik an.

»Was glaubst du – soll ich gleich zurückrufen oder lieber noch warten?«

»Wenn ein Mann auf die Jagd geht und länger fortbleibt als geplant, wird seine Frau umso verliebter sein, wenn er heimkehrt.«

Schweren Herzens legte Thibault das Telefon wieder auf den Couchtisch.

»Du hast recht. Ich werde bis morgen warten … oder vielleicht bis heute Abend. Aber heute Abend, das wäre noch ein bisschen früh, oder?«

Dann vernahmen beide das Geräusch von Schritten im Schlafzimmer.

»Ach«, sagte Thibault mit betrübter Miene, »jetzt wird mein Leben wieder kompliziert.«

Ulik rief bei Jacinthe an, hörte aber nur die anonyme Stimme eines Anrufbeantworters. Er legte wieder auf. Trotz all der Zeit, die er im Land der Kablunak verbracht hatte, schaffte er es immer noch nicht, einer Stimme zu antworten, die nicht lebendig war.

Er ließ ihr aus dem Hotel Ritz einen riesigen Blumenstrauß hinüberschicken (als Florence nach seiner Abreise die Hotelkosten absegnen musste, stürzte sie die Rechnung des Blumenladens in einen Anfall von Eifersucht und Zweifeln) und legte als eine Art Visitenkarte einen kleinen Seehund aus Basalt bei. Jacinthe rief ihn an.

»Wie schön, dass du kommen konntest«, sagte er, als sie das Zimmer betrat.

Und sie umarmte und küsste ihn.

»Wirst du bald abreisen?«

»Warum fragst du mich das?«

»Weil ich ein cleveres Mädchen bin, das so etwas riechen kann.«

»Ja, ich werde tatsächlich fortgehen. Ich muss zurück zu meinem Stamm.«

Sie kehrte ihm den Rücken.

»Jacinthe?«

»Entschuldige, es ist idiotisch, das ist nur so ein Reflex.«

Als sie sich wieder Ulik zuwandte, wischte sie ein paar Tränen von ihrer Wange.

»Das gehört zu den Dingen, weshalb ich es eher bedaure, eine Frau zu sein: Ich bin zu nah am Wasser gebaut.«

Er hielt sie fest umschlungen, bis sie nicht mehr weinte.

Später sagte sie zu Ulik: »Ich habe ein bisschen Schwierigkeiten mit der Tatsache, dass du der ideale Mann für mich wärst.«

»Ich – ein idealer Mann?«

»Und wie. Du bist zur Stelle, wenn ich dich brauche, aber die restliche Zeit lebe ich mein Leben, wie es mir passt. Du bringst mich zum Lachen, wir verstehen uns gut im Bett, was kann ich mir sonst noch erträumen? Was kann sich eine Frau sonst noch erträumen?«

»Vielleicht einen Ehemann oder Kinder?«

»Ach nein, ich habe genug miterlebt, um sagen zu können, dass die Ehe nicht so etwas Wunderbares ist. Mein Job dient ja eigentlich auch dazu, Ehen zu retten.«

»Was, du rettest sie?«

»Für meine Stammkunden bin ich viel weniger riskant als eine Geliebte. Manche sagen mir, sie wären viel netter zu ihrer Frau, seit sie mich haben …«

Um der Monotonie zu entgehen, hatten die Inuit den zeitweiligen Austausch von Frauen erfunden, während die Kablunak zu geheimer Bigamie Zuflucht nahmen.

»Weißt du«, sagte Jacinthe, »du könntest eine Menge Frauen glücklich machen. Ich bin sicher, dass du in diesem Job verdammt erfolgreich wärst.«

»In welchem Job?«

»In meinem, aber mit Frauen als Kunden.«

Er begriff nicht, was sie damit sagen wollte. Jacinthe ging zum Tisch hinüber und griff nach der Zeitung. Sie zeigte ihm die Annoncenseite. *Escort-Boys* konnte man dort lesen. Es waren auch Telefonnummern angegeben, die man wählen konnte, wenn man sich von einem charmanten Mann für einen Abend begleiten lassen wollte.

»Das ist hübsch formuliert, aber in Wahrheit geht es nur darum, dass man danach im Bett landet. Weißt du, das ist ein schnell expandierender Markt.«

Er konnte es nicht fassen.

»Was, und diese Frauen bezahlen die Männer dafür?«

»Na klar. Solche Frauen haben die entsprechenden Mittel.«

Ulik dachte an Florence. Er malte sich aus, wie sie bei so einem Service anrief: ein Mann, der leicht in ihren Terminkalender einzubauen war und ihre geheimen Wünsche befriedigte. Nun verstand Ulik, weshalb die Kablunak-Gesellschaft so stark war. Sie brachte solche schrecklichen Dinge hervor wie die Einsamkeit, und gleichzeitig erfand sie solche Gegenmittel wie Callgirls oder Escort-Boys.

Einen Augenblick lang verspürte er ein Schwindelgefühl. Mit so vielen Frauen schlafen, wie man wollte, und dafür noch bezahlt werden! Wenn Jacinthe die Wahrheit sagte, hätte er schnell die Mittel beisammen, um Navaranava herkommen zu lassen und ihr eine Wohnung zu mieten. Und Jacinthe würde er weiterhin besuchen, ohne dass Navaranava davon etwas mitbekam …

Jacinthe riss ihn aus seinen Gedanken: »Nein, mein einzigartiger Inuk, denk bloß nicht ernsthaft darüber nach! Das war nur so ein Hirngespinst. Ich wollte dir keine versteckten Angebote machen. Ich möchte weder, dass du hierbleibst, noch, dass wir zusammenleben.«

Bei diesen Worten ärgerte sich Ulik ein wenig.

»Und weshalb nicht?«

»Ich kenne mich genau. Ich weiß, was Illusionen sind. Es würde nicht ewig so weitergehen mit uns, am Ende würde ich dich verlassen, oder vielleicht würdest du es nicht mehr aushalten. Und dann wartet dein wirkliches Leben dort oben im Norden auf dich … Was wir miteinander erlebt haben, war wunderbar, und deshalb sollten wir es einfach als ein Geschenk betrachten. Einverstanden, mein einzigartiger Inuk?«

»Einverstanden.«

Und dann hielten sie einander noch einen Augenblick eng umschlungen, denn es fällt uns immer schwer, uns von einem Geschenk zu trennen.

Durch das runde Fensterchen erblickte Ulik große Felswände aus Wolken, als flöge das Flugzeug zwischen riesigen Gletschern hindurch, die vom Abendlicht vergoldet wurden.

Als die Stewardess vorbeikam, zeigte er auf sein leeres Glas, und sogleich schenkte sie ihm mit einem Lächeln Champagner nach. Aus dem Getuschel mit ihren Kolleginnen und den kurzen Blicken, die sie ihm zuwarf, schloss er, dass sie ihn erkannt hatte. Ulik und die Bärin waren also auch jenseits des Atlantiks plakatiert … Aber mit anzusehen, wie diese hübschen jungen Frauen in Uniform seinetwegen tuschelten, bereitete ihm dieses Mal nicht das geringste Vergnügen. Sogar der Champagner schaffte es nicht, ihn aufzuheitern.

Am Morgen in der Wohnung hatten alle schweigend beim Frühstück gesessen. Thomas konzentrierte sich auf ein paar Internetseiten über Astronomie, die er gerade ausgedruckt hatte. Juliette lächelte ihn traurig und verstohlen an, als sie ihm das getoastete Baguette reichte, und Marie-Alix tat so, als ginge sie ihren gewohnten morgendlichen Beschäftigungen nach.

Später, am Flughafen, als er sie alle noch einmal umarmte, hatte sie sich unauffällig an ihn gedrückt – eine flüchtige Sekunde lang, in der ihr Gesicht dem seinen so nah gewesen war wie in den Stunden, als sie zusammen im Bett gelegen hatten. Dann ein letztes Mal ihr Anblick durch die Scheiben der Zollabfertigung hindurch …

Aber je länger sich der Flug hinzog, desto mehr erfüllten Ulik auch andere Gefühle. Zunächst wallten sie nur kurz auf, ganz wie die ersten Windböen vor einem Sturm, um dann immer heftiger zu werden. Es war herzzerreißend und beglückend zugleich.

Navaranava.

Navaranava.

Bald würde er sie wiedersehen.

Als das Flugzeug – eine kleine einmotorige Maschine mit Kufen statt einem Fahrwerk – über die Bucht von Igloolik flog, sah Ulik sofort, wie sich alles verändert hatte. Die Erdölstation dehnte sich kilometerweit aus mit ihren orangefarbenen Hangars, ihren Masten, ihrem künstlichen Hafen. Sie hatte sich die ganze Landschaft einverleibt, die Ulik seit seiner Kindheit auswendig kannte. Er konnte zuerst nicht einmal mehr den Platz erkennen, wo einst sein Dorf gestanden hatte, und auch nicht das Ufer, an dem sich im Frühjahr die Walrosse versammelten. Wie es die Kablunak nur schafften, in so kurzer Zeit eine Landschaft völlig zu verändern?

»Dort ist Ihr Dorf«, sagte der Pilot und wies auf einen Hügel, der ein wenig abseits lag. Ulik erblickte eine Ansammlung von Fertighäusern. Sollte es möglich sein, dass die Inuit ihre Iglus verlassen hatten?

Das Flugzeug landete auf einem Schneefeld nahe der Siedlung. Ulik sprang auf den Boden. Der Sommer hatte begonnen. Die Kälte war viel weniger schneidend als damals bei seiner Abreise, aber der Schnee knirschte noch unter den Füßen.

Er schaute sich die Fertighäuser genauer an. Sie glichen großen Containern. Wie in den Pariser Vororten waren viele Satellitenschüsseln zu sehen. War es möglich, dass die Inuit Fernsehprogramme empfingen?

Niemand war gekommen, um ihn zu begrüßen. Ulik nahm sein Gepäck und schritt der Siedlung entgegen.

Plötzlich bemerkte er einen Mann, der auf einem Schneehaufen saß und sich, mit dem Rücken an die Mauer eines Fertighauses gelehnt, wohl ein bisschen in der Mittagssonne wärmen wollte. Er blieb ruhig sitzen und machte Ulik nur ein kleines freundschaftliches Zeichen mit der Hand.

Ulik trat näher. Es war der Häuptling.

Als Ulik neben ihm stand, lächelte er noch immer, ohne sich jedoch zur Begrüßung zu erheben oder irgendetwas zu sagen.

»Wo sind denn die anderen?«, fragte Ulik.

Der Häuptling deutete mit der Hand eine vage Geste an, bei der er fast das Gleichgewicht verlor.

»Tele… Televischion«, sagte er.

Ulik sah, dass im Schnee eine Whiskyflasche steckte, die beinahe leer war.

»Alles futsch!«, sagte der Häuptling und wies mit großer Geste bis zum Horizont. Und dann begann er zu lachen.

Ulik durchstreifte ziellos die breiten Straßen der Erdölstation und wich dabei immer wieder riesigen Lastwagen oder anderen, noch kolossaleren Maschinen aus. Er musste sehr aufpassen, denn die Basis war so groß, dass sich kein Mensch mehr zu Fuß fortbewegte, und die Lastwagenfahrer rechneten überhaupt nicht mit einem Fußgänger wie ihm.

An einem langen fensterlosen Gebäude blieb er stehen. Es trug eine Leuchtreklame, die sich in der hereinbrechenden Nacht gerade eingeschaltet hatte. *Polar Bar*, las Ulik. Man hatte ihm gesagt, dass Navaranava dort arbeitete. Er ging hinein. Der verräucherte Raum war voll mit dicken Kablunak, die schlaff hinter ihren Biergläsern herumsaßen. Viele von ihnen trugen einen Vollbart, und manche hatten ihre Schirmmützen aufbehalten, auf welche das Logo des Konzerns gestickt war. Die Musik war ohrenbetäubend laut, und während Ulik die Bar ansteuerte, versuchte er, sich im Geiste die Ohren zu verstopfen.

»Was darf's sein?«, fragte der Barkeeper.

»Können Sie einen Sea Breeze mixen?«

»Es wird mir sogar ein Vergnügen sein!«

Plötzlich öffnete sich hinter der Theke eine Tür, und Kuristivocq tauchte auf. Er war gekleidet wie ein Kablunak, aber um den Hals trug er eine dicke Goldkette und am Arm eine Uhr, die offenbar aus demselben Material war.

»Ulik!«, rief er erstaunt aus.

Er versuchte zu lächeln, aber es war klar, dass ihn das Wiedersehen nicht gerade entzückte.

»Ist der Platz eines großen Jägers hinter einer Kablunak-Bar?«, fragte Ulik.

»Ach, na ja«, meinte Kuristivocq, »die Zeiten haben sich geändert.«

Seltsamerweise spürte Ulik Furcht in seinen Augen. Warum sollte Kuristivocq vor ihm Angst haben?

Er drehte sich um und ließ seinen Blick durch den Raum schweifen. Beim Eintreten hatte er nicht gemerkt, dass es ganz hinten eine Bühne gab, die von bunten Scheinwerfern erhellt wurde. Eine nackte junge Frau tanzte zum Klang der Musik.

Eine junge Frau …

Navaranava.

Mit nichts bekleidet als einem Bikini aus Robbenfell,

wiegte sich Navaranava hin und her, und von Zeit zu Zeit hielt sie sich an einer Stange fest, die im Zentrum der Tanzfläche eingelassen war, und drehte sich in einem schnelleren Rhythmus.

Mit einem Mal streifte ihr Blick den von Ulik. Sie blieb wie angewurzelt stehen. Die Musik tobte weiter, aber Navaranava stand reglos da, die Augen auf Ulik geheftet, ganz wie ein Standbild ihrer selbst, bei dem der Bildhauer den graziösesten Moment in Stein festgehalten hatte. Sie versuchte ihm zuzulächeln, aber dann füllten sich ihre Augen mit Tränen.

»He Eskimofrau«, rief ein dicker, bärtiger Arbeiter, »sollen wir vielleicht bis morgen warten? Flotti, flotti, beweg dich mal ein bisschen!«

»Wahrscheinlich braucht sie Treibstoff«, meinte ein anderer. Ein paar Papierkügelchen flogen auf die Tanzfläche. Es waren Geldscheine.

»Nein, Ulik, nicht!«, schrie Kuristivocq.

Epilog

Im Halbschlaf vernahm er ein »Pluff«, irgendwo weiter unten. Er hatte ihr Bild vor Augen, wie sie im Dämmerlicht schwamm, ihre blasse Silhouette inmitten des grünen Wassers, in dem Augenblick, in dem die Morgensonne die Berggipfel zu erhellen beginnt, dem letzten kühlen Moment des Tages. Ein wenig später würde er zu ihr ins Wasser gleiten. Sie brachte hier den halben Tag im Meer zu, als hätte der Geist einer Seejungfrau seit jeher in ihr gesteckt und sich in den eisigen Wassern des Lancastersunds nur niemals entfalten können.

Er hörte das Geräusch eines kleinen Motorbootes, dann die Stimme von Kien, der zum Fischen hinausfuhr und ihr Guten Morgen wünschte.

Die Fischer hatten sie schnell akzeptiert – ganz, wie er es vorausgesehen hatte.

Nachdem er Navaranava herausgezogen hatte aus dem, was von der Polar Bar noch übrig war, hatte er sie schnell zu dem kleinen Flugzeug auf Kufen gebracht, das nach Pond Ilet weiterfliegen sollte, achthundert Kilometer in den Süden.

Erst später, während des Fluges, als Navaranava schlief und sich wie ein Kind an ihn geschmiegt hatte, wurde Ulik plötzlich klar, dass er keine Ahnung hatte, was sie jetzt machen sollten, wohin er mit seiner Verlobten hätte gehen können. Im Land der Inuit konnte er nicht mehr leben, das hatte er im Grunde schon vor seiner Rückkehr begriffen. In der großen Stadt der Kablunak hatte er so viele wunderbare und verführerische Dinge entdeckt, dass ihm das Leben eines Inuk vorkam wie ein unendlich langweiliges Herumhocken in einem Eiskeller. Außerdem war das, was noch verblieben war von jener traditionellen Lebensweise, während seiner Abwesenheit von den Kablunak zerstört worden: Der Konzern hatte sich benommen wie ein riesiger, unbeholfener Bär, der zu Besuch kommt und einen, um seine Freundschaft zu bekunden, mit einem einzigen Tatzenhieb entstellt.

Doch auch ins Land der Kablunak wollte Ulik nicht wieder zurück. Er liebte Navaranava und wusste, dass sie dort leiden würde. Er gefiel den Frauen, das hatte er inzwischen begriffen, und er hätte es nicht geschafft, treu zu bleiben – oder wenigstens in vernünftigem Maße untreu – in einer Stadt, die so viele einsame Frauen zählte, ganz abgesehen von all jenen, die verheiratet waren, aber immer noch von der Liebe träumten. Ihm war klar, er würde sich weder vor ihrem Appetit noch vor seinem eigenen schützen können.

Und dann kam der Augenblick, als er aus dem Flugzeugfenster einige große Eisberge sah, die sich gerade vom Packeis abgespalten hatten, und er erinnerte sich an jene Bergketten mitten im Meer, die er in den Filmbeiträgen auf der großen Versammlung des Konzerns gesehen hatte, und sogar der fremdartige und magische Name, den Florence in ihrer Ansprache genannt hatte, fiel ihm wieder ein.

Die Bucht von Along.

Als das kleine Flugzeug gelandet war, hatte Ulik in einigen Telefongesprächen mit Florence und Marie-Alix alles klar gemacht. Geld war nicht das Problem: Die Werbekampagne hatte das Konto, das für ihn eingerichtet worden war, in einem Maße angefüllt, das ihm fast so unbegreiflich vorkam wie die Entfernungen zwischen den Sternen, die ihm Thomas so gern aufgezählt hatte. Es war wie mit dem Sternenregen, den er als kleiner Junge mit seinem Vater beobachtet hatte und von dem es hieß, dass er gute Jagdzüge ankündigte.

Ein anderer Umstand schließlich hatte alle Schwierigkeiten aus dem Weg geräumt: Die Bucht von Along war ebenfalls Welterbe der Menschheit, und da war es nur natürlich, wenn der Repräsentant eines anderen Welterbes dort Zuflucht fand. Marie-Alix hatte ihm zuliebe das große Räderwerk der Organisation aller Länder auf der Welt erfolgreich in Gang gesetzt.

Einmal wöchentlich erhielt er nun Nachricht von ihr, nämlich wenn er mit dem Schiff zum Festland hinüberfuhr, wo er in einem Hotel seine E-Mails abrufen konnte.

Es war unglaublich: Kaum hatte er Marie-Alix verlassen, da war sie schon zu einer langen Dienstreise ins Land der Inuit aufgebrochen, und ausgerechnet in sein eigenes Dorf. Sie hatte sich dafür engagiert, auf der Erdölbasis und damit auch für die Inuit ein vollständiges Alkoholverbot durchzusetzen. Von ihrer gemeinsamen Leidenschaft schimmerte kaum etwas durch in ihren Mitteilungen, in denen sie Ulik wieder siezte und an deren Ende immer *Mit freundlichem Gruß* stand. In einer dieser Mails hatte sie erwähnt, dass Charles wieder bei ihnen eingezogen sei, »was für die Kinder ausgezeichnet ist«. Und nach einigen Monaten schrieb sie ihm: »Ich bin jetzt glücklich, auch wenn die Erinnerungen bleiben. Aber man kann nicht alle Arten von Glück zur selben Zeit verspüren.«

Ulik antwortete: »Man kann sie nicht alle zur selben Zeit verspüren, aber in der Erinnerung werden sie niemals verblassen.« Und das dachte er wirklich.

Marie-Alix machte sich zu einer weiteren langen Reise auf, später zu einer dritten. Sie war ein bisschen wie der Inuit-Jäger geworden, den ein Jagdzug weit fort vom heimatlichen Iglu führen wird, während seine Frau zu Hause bleibt und sich um die Kinder kümmert. Der Unterschied war bloß, dass die Frau in diesem Fall Charles war, der aufpasste, dass Thomas seine Übungen nicht vergaß.

Von Jacinthe und von Adèle erfuhr Ulik niemals Neuigkeiten. Manchmal stellte er sich vor, dass irgendwo in Paris eines Tages ein kleines blauäugiges Mädchen seine ersten Schritte machte. Er wusste, dass sie sich eines Tages begegnen würden, selbst wenn er sich nicht ausmalen konnte, wie es möglich sein sollte.

Einmal bekam er Nachricht von dem Trainer der Eisbärin. Er teilte Ulik mit, dass er die Bärin einem Eisbären vorgestellt habe, der einem Zirkus gehörte. Ulik betrachtete lange das beigefügte Foto, auf dem man zwei dicke weiße Bärenjunge mit den Tatzen ihrer Mutter spielen sehen konnte.

Auch mit Thibault tauschte er E-Mails aus. Der Pianist hatte sich mit seiner Freundin versöhnt, und jetzt erwarteten sie sogar ein Baby: »Es ist ein Mädchen. Ich hoffe, das Durcheinanderland der Liebe zeigt sich unserem

Töchterchen nicht in all seinen Komplikationen, wenn sie einmal in dem Alter ist …«

In einer anderen Nachricht schrieb Thibault:

»Letztendlich haben sich die Beziehungen zwischen Männern und Frauen in den vergangenen zweihundert Jahren mehr verändert als in den hunderttausend Jahren davor; es ist also nicht verwunderlich, wenn wir noch ein bisschen orientierungslos sind.«

Und schließlich stellte er noch diese Überlegung an:

»Eine Frage beschäftigt mich im Moment sehr: Können ein Paar, eine Familie, selbst eine ganze Zivilisation bestehen bleiben, ohne dass ein jeder bereit ist, Opfer zu bringen? (Dieses Wort ist hierzulande aus der Mode geraten, lieber Ulik …)«

Das Klima in dieser Region war ganz anders als in seiner Heimat, aber dafür unterschieden sich die Spielregeln des Lebens kaum. Alle kannten einander unter den paar Handvoll Fischerfamilien, die über ein Dutzend Inselchen in der Bucht von Along verstreut lebten. Frauen und Männer heirateten früh, die Kinder spielten die meiste Zeit draußen, und die verschiedenen Generationen blieben zusammen wohnen.

Man hatte Ulik und Navaranava sehr schnell akzeptiert.

Gerade hatte sich Ulik ein Boot gekauft, denn auch wenn er die nötigen Mittel besaß, auf unbegrenzte Zeit hierzubleiben, spürte er doch den Drang, wie ein Mann zu leben, der jeden Abend die Nahrung nach Hause bringt. Er hatte mit Absicht ein Boot ausgewählt, das so ähnlich aussah wie die übrigen Fischerboote, und nicht etwa ein größeres, obwohl er es sich hätte leisten können. Das Leben bei den Inuit hatte ihn gelehrt, dass Neid ein schreckliches Gift ist.

Abends tauschte er mit den Männern Jagderlebnisse, Fischfanggeschichten und die Legenden ihrer jeweiligen Länder aus, und einige alte Männer berichteten ihm sogar von den Kriegen, die sie vor langer Zeit gegen die Kablunak geführt hatten und aus denen sie – man konnte es kaum glauben – als Sieger hervorgegangen waren. Wenn er ihnen abends im Lampenschein zuhörte, hatte Ulik manchmal den Eindruck, alten Inuit-Männern gegenüberzusitzen. Das wunderte ihn so lange, bis ihm Marie-Alix in einer ihrer Nachrichten mitteilte, dass diese Fischer so etwas wie seine entfernten Verwandten waren. Ihre Ahnen waren im Süden geblieben, während seine Vorfahren weiter nach Osten und dann nach Norden vorgedrungen waren, bis zu jener Grenze, an der die Kälte das Leben unmöglich macht. Am Ende waren sie alle die Nachkommen jenes Bewohners des Mogulreiches.

Er hörte, wie Navaranava aus dem Wasser stieg. Dann das Geräusch ihrer Schritte.

»Ulik?«

»Ich bin hier.«

Und sie streckte sich neben ihm aus und schmiegte sich an ihn, noch feucht und salzig, wie eine wundervolle Meerjungfrau, die er in die heimatlichen Gewässer zurückgebracht hatte.

Nachbemerkung zur deutschen Ausgabe

Ulik der Inuk, die Hauptfigur im »Durcheinanderland der Liebe«, hat nach meinem ersten Bestseller »Hectors Reise oder die Suche nach dem Glück« schon 2003 in Frankreich das Licht der Welt erblickt. Ich kann nicht leugnen, dass es zwischen dem fiktiven Psychiater Hector und mir gewisse Ähnlichkeiten gibt, und wahrscheinlich verspürte ich Lust, einige Zeit mit einer literarischen Figur zu leben, die völlig anders ist. So ersann ich Ulik –

Um die Sitten seiner Zeitgenossen zu beschreiben, hatte Voltaire einen Huronen auf die Reise nach Frankreich geschickt, Montesquieu zwei Perser. Und ich nahm mir in aller Bescheidenheit vor, einen französischsprachigen Inuk die westliche Welt entdecken zu lassen …

Denn wer könnte den Zustand der Liebesunordnung, in welchem wir leben, besser beobachten als eine Person, die aus einer traditionellen Gesellschaft stammt, in welcher die Beziehungen zwischen Männern und Frauen noch einigermaßen so aussehen, wie wir sie selbst bis Mitte des vorigen Jahrhunderts gekannt haben?

Mit seinem Besuch in Deutschland hat Ulik nun eine Weile gewartet und den drei ersten Abenteuern von Hector (»Hectors Reise«, »Hector und die Geheimnisse der Liebe«, »Hector und die Entdeckung der Zeit«) den Vortritt gelassen. Wir haben den Roman ein wenig überarbeitet, denn einige seiner Szenerien und Situationen waren zu pariserisch gewesen oder hatten seit Erscheinen der französischen Ausgabe etwas Patina angesetzt. Bedanken möchte ich mich noch einmal bei meiner Lektorin Britta Egetemeier und meinem Übersetzer Ralf Pannowitsch für ihre Aufmerksamkeit und die unaufhörliche Unterstützung, die sie mir seit dem ersten Hector gewährt haben.

Für mich ist »Im Durcheinanderland der Liebe« vor allem ein Reigen von Liebesgeschichten: Zunächst wären da natürlich jene meines naiven Eskimos, der die Freuden und Leiden der Männer und Frauen in einer modernen Gesellschaft entdeckt, aber nicht vergessen werden darf meine eigene Liebesbeziehung zu Vietnam, wo ich dieses Buch geschrieben habe und unter den Propellerflügeln der Ventilatoren vom Packeis träumte.

François Lelord

François Lelord

… wurde am 22. Juni 1953 in Paris geboren, sein Vater war Kinderpsychiater, seine Mutter arbeitete in der Stadtverwaltung von Paris.

… Mit 11 Jahren liest er Freuds »Einführung in die Psychoanalyse«.

… 1981 bis 1985 Assistenzarzt am Centre Hospitalier Universitaire de Tours.

… 1985 Doktor der Medizin, Certificat d'Études Spéciales de Psychiatrie. Thema der Doktorarbeit: Kognitive Therapieformen bei Depressionen.

… 1985 Post-Doktorat an der Universität von Los Angeles bei Professor Robert Paul Liberman.

… 1986 bis 1988 Oberarzt am Hôpital Necker – Université René Descartes, Paris.

… 1989 bis 1996 Psychiater in Paris mit Arbeitsschwerpunkt in den Bereichen Angst, Depression, Stress. 1996 schließt Lelord seine Praxis, um sich und seinen Lesern die wirklich großen Fragen des Lebens zu beantworten. Er ist viel auf Reisen, besonders gerne in Asien.

… 1993 Veröffentlichung der »Contes d'un psychiatre ordinaire« bei Éditions Odile Jacob: Fallstudien aus der Psychiatrie in Erzählform. Eine überarbeitete Ausgabe ist bei Piper in Vorbereitung.

… 1996 bis 2004 Beratung der Personalabteilungen öffentlicher Institutionen und Firmen zu den Themen »Zufriedenheit im Beruf« und »Stress«.

… 2002 »Hectors Reise oder die Suche nach dem Glück« erscheint zunächst in Frankreich. Der Bestseller um den den jungen Psychiater Hector, der sich auf eine Weltreise begibt (weil er feststellt, dass er seine Patienten nicht wirklich glücklich machen kann) und dabei 23 Lektionen über das Glück herausfindet, wird in 21 Sprachen übersetzt und als internationale Produktion verfilmt.

… 2003 erscheint »Im Durcheinanderland der Liebe« unter dem Titel »Ulik au pays du désordre amoureux« bei Oh! Editions in Paris.

… 2004 kommt »Hectors Reise oder die Suche nach dem Glück« in Deutschland, Österreich und der Schweiz heraus und wird zu einem enormen Erfolg (bisher vier Jahre auf der Bestsellerliste und über 1,5 Millionen verkaufte Exemplare).

… 2005 und 2006 folgen Hectors neue Abenteuer: »Hector und die Geheimnisse der Liebe« (2005 bei Odile Jacob in Frankreich unter dem Titel »Hector et les secrets de l'amour«) und »Hector und die Entdeckung der Zeit« (»Le nouveau voyage d'Hector à la poursuite du temps qui passe«, Odile Jacob 2006).

Francois Lelord lebt in Paris und Ho-Chi-Minh-Stadt, wo er am Centre Médical International (Fondation Alain Carpentier) als Psychiater tätig ist.

HörbucHHamburg

Johannes Steck liest:

© Rudolph K. Wernicke

François Lelord
Im Durcheinanderland der Liebe
Roman. Gelesen von Johannes Steck

Unverbindliche Preisempfehlung

Gekürzte Lesung
6 CD · ca. € 24,95 · ISBN 978-3-89903-600-8

www.hoerbuch-hamburg.de